So sexy ist Niedersachsen! Band 2

Erotische Kurzgeschichten aus Hannover und Umgebung

AF219418

Auch im zweiten Band sind wir wieder eine kleine Gruppe von Autoren beiderlei Geschlechts, die alle in Niedersachsen beheimatet sind.

- joe water und marylou73 kommen aus **Braunschweig.**
- Alex, frechemaus_2011, Herrin der Zeit, Karina (K.D. Michaelis), Mr. Jay und Paul Logen leben in der Landeshauptstadt **Hannover.**

Wir wünschen euch ganz viel Spaß bei den intimen Einblicken in das Liebesleben der Niedersachsen, die auch dieses Mal wieder viel Überraschendes zu bieten haben.

Meinen ganz persönlichen Dank an alle diejenigen, die so freundlich waren, nicht nur mir, sondern auch einem interessierten Publikum ihre Privatsphäre zu offenbaren.

Es hat – wie immer – viel Spaß gemacht, eure tollen Ideen zu einem Buch zusammenzufassen.

K.D. Michaelis

So sexy ist Niedersachsen!
Band 2

Erotische Kurzgeschichten aus Hannover und Umgebung

FSC
www.fsc.org
MIX
Papier aus ver-
antwortungsvollen
Quellen
Paper from
responsible sources
FSC® C105338

*Bibliografische Information der Deutschen National-
bibliothek:*
*Die Deutsche Nationalbibliothek verzeichnet diese
Publikation in der Deutschen Nationalbibliografie;
detaillierte bibliografische Daten sind im Internet
über http://dnb.dnb.de abrufbar.*

TWENTYSIX – Der Self-Publishing-Verlag
*Eine Kooperation zwischen der Verlagsgruppe
Random House und BoD – Books on Demand*

© 2018 Michaelis, K. D. (Hrsg.)
*Autoren: Alex / frechemaus_2011 / Herrin der Zeit /
joe water / K.D. Michaelis / marylou73 / Mr. Jay /
Paul Logen*

Herstellung und Verlag:
BoD – Books on Demand, Norderstedt.

ISBN: 978-3-752-85087-1

Illustration: K.D. Michaelis, Hannover

Inhaltsverzeichnis

Inhaltsverzeichnis

Happy weekend

Freitagabend: Du kommst in meinem kleinen Zuhause an. Ich öffne dir die Tür und sehe ein klein wenig die Enttäuschung in deinem Gesicht, weil ich nur eine Jogginghose und ein T-Shirt anhabe. Innerlich grinse ich. Ich habe bereits gekocht und wir essen gemeinsam Pasta mit einem schönen Glas Rotwein dazu. Nachdem wir fertig sind, bringe ich die Teller in die Küche und du folgst mir. Ich spüre wie deine Blicke mich beobachten, als ich die Teller in die Spülmaschine stelle. Es macht mich kribbelig, sodass ich es nicht mehr aushalten kann. Ich gehe auf dich zu und mache das Licht aus – mit Hilfe des Schalters, der sich genau hinter dir befindet. Ich küsse dich, ziehe dich an mich, spüre deine Hände... Sie gleiten langsam unter mein Shirt. Du spürst etwas Zartes, Leichtes auf meiner Haut und fragst dich, was das ist.

Draußen geht das Licht des Bewegungsmelders an und du nutzt den Moment, um mir das Shirt auszuziehen... Jetzt siehst du, dass ich ein verspieltes Straps-Hemdchen trage. Nun ist dein Interesse mehr als geweckt und du kannst es nicht abwarten zu erkunden, was unter meiner Hose ist.

Voller Lust ziehst du sie mir aus. Zum Vorschein kommen Strümpfe, aber ohne Höschen. Du sagst befehlend zu mir, dass du mich geil findest und ich mich auf die Arbeitsplatte setzen soll. Ich befolge deinen Befehl, während das Licht draußen erlischt. Ich höre, wie du deine Hose öffnest und nur fallen lässt und ehe ich noch etwas sagen kann, spüre ich, wie deine Finger meine Muschi überprüfen, ob sie auch schön nass ist.

Du nimmst deinen Schwanz in die Hand und warnst mich vor, dass du ihn jetzt hart in mich stoßen wirst. Genau das will ich, sage ich. So geschieht es dann auch. Wir haben schnell unseren Rhythmus gefunden und brauchen auch beide nicht lange, um das erste Mal an diesem Wochenende zu kommen.

Erstmal erschöpft liegen wir uns in den Armen. Dein erschlaffter Schwanz gleitet sanft aus mir heraus. Dein warmes Sperma fließt langsam an meinem Po entlang. Ich rutsche von der Arbeitsplatte und nehme dich mit zum Duschen. Während das Wasser auf uns niederprasselt, küssen wir uns intensiv. Wir streicheln uns und berühren sanft die Stellen, die eben noch so gefordert waren.

Du spürst erst jetzt, dass ich mich wohl schon lange nicht mehr rasiert habe, sagst aber nichts.

Wir sind fertig mit duschen, hüllen unsere nackten Körper in heizungswarme Handtücher, gehen ins Wohnzimmer und kuscheln uns gemeinsam aufs Sofa. Es ist schön, dich zu spüren. Du streichelst mich fast den ganzen Film lang und intensiv. Mein Po reibt - als Dankeschön - sanft an deinem Schwanz, der langsam wieder hart wird und mir durch sein Pulsieren signalisiert: ‚ich will dich nochmal‘.

Ich drehe meinen Kopf zu dir und schaue dir in die Augen, die vor Lust strahlen. Ich wandere mit meiner Zunge langsam von deinen Lippen zu deinem Hals und weiter über deine Brust bis in deine Leiste. Meine Zungenspitze berührt sanft deine Eichel und kreist zart darum. Bis mein Mund schließlich gierig deinen Schwanz in sich aufnimmt. Du stöhnst und lässt dich fallen. Ich höre nicht auf. Meine Lust ist so groß, dass ich mich seitlich drehe, um deine Hand an meine Muschi zu führen. Du verstehst und reibst deinen Daumen an meinem Kitzler, während dein

Mittelfinger in meiner Muschi Stellen reizt, die ein sehr intensives Gefühl hervorrufen.

Mein Saugen wird stärker und die Kraft überträgst du auf deinen Finger. Ich spüre, wie ich meine Geilheit nicht mehr im Zaun halten kann und sage dir keuchend, dass ich gleich abspritze - wenn du nicht aufhörst. Natürlich machst du weiter und ich auch. Bis ich nicht mehr kann und komme. Dein Arm wird nass und meine feuchte Lust verteilt sich an unseren Körpern. Wie gut, dass wir noch die Handtücher vom Duschen haben.

Dein Lächeln zeigt mir deutlich, dass du genau das wolltest - mich zum Abspritzen zu bringen.

Du stehst auf, gehst ins Bad und machst dich frisch. Ich folge dir - Rache ist süß. Ich weiß, dass du nicht mehr lange brauchst und mache da weiter, wo ich unterbrochen wurde. Meine Zunge leckt deine Eier, um dann der Länge nach an der Penisspitze zu enden.

Meine Lippen gleiten langsam und vollständig über deinen Schwanz und ohne lange warten zu müssen, rufst du: „Ich will auf deine Titten spritzen", was in diesem Moment auch geschieht.

Wir waschen uns und gehen erschöpft ins Bett, um Arm in Arm einzuschlafen.

Samstagmorgen. Du wirst wach und schaust neben dich - doch ich bin schon aufgestanden. Du gehst in die Küche. Da sitze ich - eingekuschelt in eine Decke - und habe schon mit heißem Kaffee und frischen, warmen Aufbackbrötchen auf dich gewartet. Die Musik spielt im Hintergrund und das Licht der Wintersonne scheint durch das Fenster. Du setzt dich zu mir und wir frühstücken ausgiebig und lange. Als ich aufstehe, um den Tisch abzuräumen, hältst du mich fest und ziehst mich auf deinen Schoß. Du beginnst, meinen Hals und meine Brüste zu küssen. Deine Morgenlatte pulsiert an meinem Höschen und ich werde unwillkürlich feucht.

Wir stehen auf und gehen zurück zum meinem Bett. Unterwegs habe ich schon meinen Slip ausgezogen - du ebenfalls. Mein nackter Arsch verführt dich zu einem liebevollen Klaps. Ich beuge mich vor, du greifst meine Pobacken und schiebst deine Latte in meine feuchte Muschi. Ich stöhne vor Lust. Deine Hände greifen nach meinen Brüsten, um meine Nippeln zu zwirbeln. Deine Eier klatschen sanft gegen meine Schamlippen - im immer schneller werdendem Rhythmus. Bis kurz vorm Kommen. Du ziehst dich zurück - ich schaue dich nur flehend an.

Du grinst und sagst zu mir: „Nur ein kleiner Vorgeschmack auf heute Abend."

Ich bin so rattig, dass ich nur antworte: „Dann mache ich es mir eben schnell selbst".

Du lächelst und siehst mir zu, wie ich mich auf den Rücken lege, meine Hand an mir heruntergleitet – direkt zwischen meine Beine. Meine Finger verteilen die Feuchtigkeit an meinem Kitzler und ich reibe mit einem Finger über diesen. Du siehst fasziniert zu, kannst es aber nicht lassen, deine Hand an deinem Schwanz zu haben und ihn zu verwöhnen. Ich schließe die Augen, mein Atem wird schwerer und ich weiß, dass ich gleich Erlösung finden werde. Du spornst mich an, indem du mir sagst, dass du das geil findest und auch gleich kommst. Ich stecke meinen Finger in meine schmatzende Muschi. Dabei stelle ich mir vor, dass anstelle meines Fingers jetzt dein Schwanz in mir steckt. Ich komme. Meine Bewegungen halten inne, ich öffne die Augen und sehe, wie du es dir auch besorgst. Solange bis du spritzt - auf mich, genauer gesagt mitten auf meinen Bauch. Ich lächle dich an und sage dir, dass ich es sehr schön finde, dass du dich bei mir gehen lassen kannst.

Wir küssen uns noch schnell und gehen dann duschen. Dann ziehen uns an und fahren in die Stadt zum Bummeln. Wir landen letztlich im Sexshop, um uns Anregungen für den kommenden Abend zu holen. Ich leiste mir einen Analplug aus Metall mit einem Swarovski-Kristall. Ich stehe darauf. Und noch so ein, zwei andere Accessoires. Es ist bereits später Nachmittag und der Hunger meldet sich. Uns treibt es zu einem indischen Restaurant. Obwohl die Gerichte wirklich sehr lecker waren, konnten wir die ganze Zeit nicht die Hände bzw. die Blicke voneinander lassen. Während der Nachspeise flüsterst du leise, dass du etwas Hartes in der Hose hast. Ich werde rot, weil es mir in dem Restaurant unangenehm ist, meinem frivolen Gedanken freien Lauf zu lassen. Du allerdings findest es süß.

Langsam gehen wir zum Auto. Du öffnest mir die Tür und ich deine Hose. Du weißt gar nicht, was los ist und bevor du es auch nur realisieren kannst, hängen meine Lippen schon an deinem harten Schwanz. Du kommst schnell und heftig in meinem Mund. Ich schlucke, lecke dich sauber und ziehe deine Hose wieder hoch. Ich steige ins Auto und tue so, als ob nichts gewesen ist. Wir fahren wieder zu mir. Ich öffne die Tür und kaum fällt sie hinter mir ins Schloss, küsst du mich stürmisch, ziehst mich schnell aus, drängst mich zum Bett, spreizt meine Beine und leckst mich mit deiner flinken Zunge. Ich höre dich schmatzen, spüre dich saugen. Ich lasse mich fallen. Du hältst inne. Stehst auf, gehst ins Bad und kommst mit einer

Schale Wasser, einem Handtuch und meinem Rasierzeug wieder. Ich weiß, was jetzt kommt und ich lasse es geschehen. Du bist sehr sanft und vorsichtig. Nachdem du die Rasur beendet hast, überprüfst du das Ergebnis nochmal ausgiebig mit deiner Zunge. Solange, bis ich mit einem wirklich intensiven Orgasmus komme, den ich so lange vermisst habe. Den weiteren Abend verbringen wir beide gemeinsam auf dem Sofa bei Kerzenschein und TV. Du fragst mich neugierig, was ich noch so im Sexshop gekauft habe, aber ich hülle mich in Schweigen und verweise nur darauf, dass es ja noch weitere Treffen geben soll.

Wir schlafen sehr unruhig auf dem Sofa, werden in den frühen Morgenstunden wach und ziehen ins Bett um. Wir kuscheln uns eng aneinander und versuchen, weiterzuschlafen. Irgendwie gelingt es uns aber nicht, weil deine Morgenlatte in voller Pracht und Härte überdeutlich an meinem Po zu spüren ist. Ich öffne meine Beine und du schiebst sie langsam von hinten in meine warme Muschi. Wir bewegen uns ganz langsam, um jeden Millimeter zu spüren und auszukosten. Ich stoppe und stehe kurz auf. Du hörst es knistern - es ist die Tüte von unserem Stadtbummel. Ich lege mich wieder zu dir. Ich nehme deine rechte Hand und reibe sie mit etwas Gel ein. Du verstehst und dein Finger gleitet langsam und vorsichtig in mein Poloch und den Rest verteilst du ausgiebig auf deinem Ständer.

Ich drehe mich auf den Rücken, spreize meine Beine und reibe meine Rosette an deiner Penisspitze. Zärtlich bohrst du dir deinen Weg - immer tiefer in das enge Loch. Du stöhnst und ich höre an deinem Atem, dass es dich immer geiler macht, dich in mir zu bewegen. Ich entspanne mich total und genieße einfach nur dieses Gefühl. Meine Hand massiert sanft meine Klitoris. Deine Hände halten meinen Hintern, um ihn ganz nah und tief zu dir zu ziehen. Ich bin eher passiv, genieße es und lasse dich einfach machen. Du stößt immer tiefer zu, um letztendlich mit einem Mal zu kommen und deinen heißen Saft in mich zu pumpen. Wir verharren einen Augenblick in dieser Position, um alle unsere Sinne zu sammeln.

Dann schlendern wir beide etwas geschafft ins Bad. Du gehst duschen, während ich auf der Toilette noch die Luft aus meinem Popo entlasse. Es stört dich nicht, weil es mittlerweile keine Tabus mehr zwischen uns gibt. Du trittst aus der Dusche und trocknest dich ab. Ich bin dran und das warme Wasser läuft über meinem Körper. Im Duschnebel erkenne ich, dass du dich auf den Klodeckel gesetzt hast und mich beobachtest. Ich wasche meine Haare und drücke meine Brüste gegen die Duschtüre, sodass du sie deutlich erkennen kannst. Du warnst mich mit scharfen Ton, dass ich dich nicht reizen soll. Ich mache weiter, drehe jetzt auch noch meinen Po an die Tür und presse ihn gegen die Scheibe.

Meine Hände greifen nach dem Duschgel und du befiehlst mir, dass ich meine Titten und meine Muschi ordentlich waschen soll. Es macht mich an, diesen Tonfall von dir zu hören und ich gehorche dir gerne - schnell und ausgiebig. Als ich aus der Dusche komme, erwartest du mich schon mit einem Handtuch. Als ich mich bedanken will, legst du mir deine Finger auf den Mund und bedeutest mir, dass ich ruhig sein soll.

Ich werde von dir ins Wohnzimmer geführt und wie aus dem Nichts hast du mir die Augen verbunden. Ich will etwas sagen, doch da bekomme ich zur Strafe sofort einen Klaps. Es brennt auf meinem Hintern - aber ich verstehe. Du drängst mich zum Bett, wo ich mittlerweile keine Kissen und Decke mehr spüre. Ich soll mich auf den Bauch legen. Ich höre, wie du etwas holst. Es klingt metallisch – es scheinen Ketten zu. Es sind kalte Metallketten. Vorsichtig bindest du mich von Hand zu Hand und Bein zu Bein an den Bettpfosten fest. Plötzlich herrscht Stille.

Dann spüre ich, wie etwas Kaltes, Piksendes langsam über meinen Rücken rollt - an manchen Stellen fester und an anderen sanfter. Dann ist dieses Ding weg und ich spüre deine Hände, die zärtlich mit Massageöl über meine Haut gleiten. Meine gespreizten Beine laden deine Finger dazu ein, an meiner Muschi zu spielen. Ich bewege mein Becken auf und ab, um deine Finger auch am Kitzler zu spüren. Du merkst, wie ich immer nasser werde und kannst es nicht lassen, mich nochmals zum Abspritzen zu bringen. Ich bin überall nass und mein Bett bestimmt auch. Du entfernst das Tuch von meinen Augen, löst die Ketten, drehst mich auf den Rücken und küsst mich ganz lange leidenschaftlich. Als ich aufstehe sehe ich, dass du genau das geplant hast. Denn mein Bett war mit einem Latextuch abgedeckt, dessen Kühle ich - vor lauter Erregung - gar nicht mitbekommen hatte.

Wir frühstücken gemeinsam lange - sehr lange. Langsam packst du deine Sachen. Aber ich habe nichts Besseres zu tun, als nackt vor dir rumzulaufen und – natürlich rein zufällig - gewisse Körperregionen zu berühren. Dieses Spielchen machst du eine Weile mit, dann setzt du dich aufs Sofa, öffnest deine Hose und holst mit einer Handbewegung etwas aus dieser heraus – groß, hart, willig, bereit. Ich setze mich vor dich und bearbeite mit meiner Zunge das Werk, welches ich gerade wieder habe entstehen lassen.

Du ziehst mich hoch, schaust mir in die Augen und flüsterst: „Noch ein letztes Mal in dich stoßen – bitte!"

Ich setze mich langsam auf deinen harten Schwanz und nehme ihn noch einmal vollständig in mir auf. Du saugst an meinen Nippeln, bis sie dunkelrot sind und beißt sanft zu. Ich werde schneller und genieße es, dich zu spüren. Du stößt tiefer und härter zu. Ich versuche dich noch tiefer in mich zu lassen, indem ich meine Beine weit spreize. Es ist so geil, deine Lust zu spüren, dein Stöhnen und dann gemeinsam zum Orgasmus zu kommen.

Erst am späten Nachmittag fährst du nach Hause. Ich räume auf und lege mich breitbeinig vor den Fernseher, da meine Muschi dringend eine Abkühlung braucht. Abends bekomme ich noch ein Foto von deinem harten Schwanz, der mir an diesem Wochenende so viel Freude bereitet hat.

Nach der Idee einer Lady:
Herrin der Zeit (39) aus Hannover

Mein böses Mädchen

Es war ein langer Tag, als ich spät abends mein Tablet nahm und mich damit vor den Kamin auf mein Sofa legte. Erschöpft und ausgepowert von der Stunde auf dem Crosstrainer, hatte ich mir vorgenommen, nach dem Duschen noch einmal zu schauen, ob mir die junge Dame noch eine Mail geschrieben hatte, die ich vor wenigen Wochen im Internet kennengelernt hatte. Bisher waren unsere Gespräche stets sehr humorvoll und von einer unterschwelligen Erotik begleitet gewesen, die teilweise sogar schon ein wenig versaut war. Dabei bewegten wir uns jedoch genau auf diesem schmalen Grat, der die Unterhaltung zwar lustvoll, aber eben gar nicht plump oder billig erscheinen ließ. Das gefiel mir immer sehr gut und ich freute mich jeden Tag aufs Neue, wenn ich eine Mail von ihr erhielt.

Das Tablet war hochgefahren, schnell war die Seite aufgerufen und das Passwort eingegeben. Der kleine Brief in der oberen, linken Ecke verhieß mir Post von ihr. Kurz darauf bestätigte sich meine Vorfreude und wurde nur noch durch die Tatsache gesteigert, dass sie noch online war. Vielleicht hatte sie ja sogar auf mich gewartet? Schnell schrieb ich sie an und zu meiner Freude war sie tatsächlich noch online und antwortete mir.

"Hallo zurück", war ihre Antwort. "Wie war dein Tag?".

Hoch erfreut fasste ich ihr in meiner Mail meinen Tag zusammen. Am Ende schloss ich damit, dass ich frisch geduscht - nur in mein Handtuch gewickelt - auf dem Sofa saß. Danach kam eine Weile nichts mehr von ihr. War ich zu forsch rangegangen?

Zu viel Information? Dabei war es eigentlich nur als Sachaussage geplant gewesen.

,Naja, sie wird sich schon wieder beruhigen', dachte ich so bei mir. Vielleicht war sie auch einfach nur müde und inzwischen eingenickt? Der nächste Tag würde Klarheit bringen.

Ich war gerade im Begriff, die Seite zu schließen, als wieder der kleine Brief aufblinkte. Also ist sie doch noch wach, freute ich mich. Eine Mail mit Anhang? ,Das ist neu', dachte ich so bei mir. Mal schauen, was sie schreibt. Der Text war sehr kurz gehalten.

"So in etwa?", stand einfach nur darin.

Ein wenig irritiert klickte ich auf den Dateianhang und es öffnete sich ein Bild, was ich in meinen kühnsten Träumen nicht erwartet hätte.

Sie saß auf einem Sofa, nur in ein großes, weißes Handtuch gewickelt und ansonsten offenbar unbekleidet.

"Ja, so in etwa", antwortete ich. "Nur ist mein Anblick wahrscheinlich nicht annähernd so bezaubernd, wie deiner".

"Das kann ich so nicht beurteilen ;-)", schrieb sie.

,Sie möchte also spielen', dachte ich mir. Warum nicht. Kurzerhand nehme ich mein Handy und knipse ein Bild von mir. Eingerollt in mein Handtuch auf meinem Sofa. Aufgrund meiner Größe passe ich gerade so in das Handtuch. Aber ein wenig nackte Haut auf dem Bild kann ja nicht schaden. Schnell ist die Mail verschickt.

Nur kurze Zeit später eine Antwort von ihr. "Das gefällt mir sehr gut, was ich da sehe. Besonders deine starken Hände faszinieren mich. Ich wünschte, die könnte ich jetzt hier spüren".

Ein weiteres Bild war angehängt. Auf diesem war sie zu erkennen. Das Handtuch war bis zur Mitte ihrer Oberschenkel hochgeschoben und ihr Dekolleté ließ jetzt viel tiefer blicken. Noch während ich in einer Mischung aus Überraschung, Freude und einer gewissen Erregung das Bild betrachtete, erschien bereits ein zweiter Umschlag. Ich war erstaunt und irgendwie auch gespannt, was jetzt kam.

In der Mail stand nur: "ich bin ein böses Mädchen".

Zusammen mit zwei weiteren Bildern. Ich öffnete das erste. Sie schaute lüstern in die Kamera, steckte den Zeigefinger in den Mund und zwinkerte dabei. Was für ein tolles Bild! Mittlerweile verspürte ich ein deutliches Kribbeln in meinem Schwanz. Was wohl auf dem anderen Bild war, fragte ich mich gespannt. Auch wenn es mir schwerfiel, mich von diesem zu lösen, öffnete ich dann natürlich doch recht zügig den zweiten Mailanhang. Jetzt war ich noch erstaunter als zuvor. Dieses Mal war eine ihrer Brüste zu sehen. Ihr Finger, der gerade noch in ihrem Mund gesteckt hatte, umspielte nun ihren harten Nippel. Neckisch und verschmitzt hatte sie ihren Kopf dabei gesenkt und schaute lustvoll nach oben.

Ich war perplex und wusste gar nicht, was ich jetzt zurückschreiben sollte. Da poppte schon die nächste Mail in der Ecke auf.

"Gefällt dir das?", schrieb sie.

So schnell hatte ich noch nie in meinem Leben eine Antwort getippt: "Es gefällt mir sogar sehr. Du bist wirklich ein böses Mädchen".

Ihre Antwort kommt prompt. "Dann schau dir das mal an".

Wieder bekam ich zwei Bilder. Ich verspüre erneut dieses schon bekannte Kribbeln tief in mir – jetzt jedoch heftiger als zuvor - und auch mein Schwanz stand schon vor Vorfreude auf das, was mich jetzt erwarten würde. Ich öffnete das erste Bild und mir stockte leicht der Atem. Sie hatte beide Brüste aus dem Handtuch befreit und zwirbelte ihre harten Nippel mit Zeigefinger und Daumen. Ich konnte spüren, wie mein Blut in meinen Schwanz schoss und er leicht anfing zu pulsieren. Was wohl in dem zweiten Anhang zu sehen war? Vor Neugier schon ganz hibbelig, öffnete ich ihn. Sie hatte ihre Brüste fest umklammert und ihre Zunge umspielte ihre steifen Nippel. ‚Was für eine wilde Maus', dachte ich so bei mir. Noch während ich versuchte, meine Erregung in den Griff zu bekommen, kam schon die nächste Nachricht.

"Wenn du wüsstest, was unter dem Handtuch los ist" schrieb sie. "Ich bin leicht angeheitert und total geil. Wir hatten heute die Verabschiedung eines Kollegen, da gab's wohl ein Gläschen Sekt zu viel".

"Was ist denn da los", wollte ich wissen.

Genauer gesagt, mein bester Freund wollte dies. Mittlerweile war er stark angeschwollen. Meine Eier brodelten nur so vor Lust.

Die nächste verheißungsvolle Mail: "Warte kurz".

Das wars – nichts weiter. Die Zeit vergeht unendlich langsam. Es kommt mir vor, wie eine Ewigkeit. Immer wieder rekapitulierte ich die Fotos, die sie mir geschickt hatte. Schaute sie mir erneut an. Meine Lust wurde durch das Warten immer größer. Die Bilder wieder und wieder anzuschauen, steigerte sie in einem Maße, wie ich es so noch nicht erlebt hatte.

Nach fünf Minuten endlich wieder eine Mail. Kein Text. ‚Nur' zwei Anhänge. Was hat sie gemacht? Neugierig öffnete ich das Bild. Es zeigte einen Dildo, der neben ihr auf dem Sofa lag. Oha, dachte ich mir, was kommt jetzt? Angespannt und voller Lust öffnete ich die Videodatei. Sie zeigte sie liegend mit dem Fokus auf ihren - vom einem Handtuch bedeckten - Schoß. Plötzlich begann das Handtuch, sich nach oben zu bewegen. Langsam glitt es höher und machte keine Anstalten innezuhalten. Irgendwann war es so weit nach oben gerutscht, dass es an der Seite herunterrutschte und ihre rasierte Muschi frei lag.

Noch während ich versuchte, das Gesehene zu verarbeiten, glitt von oben eine Hand ins Bild - über den Venushügel zur Innenseite ihres Oberschenkels und drückte diesen sanft zur Seite. Durch das Spreizen der Beine konnte ich einen direkten Blick auf ihre feuchte Muschi werfen. Das war deutlich mehr, als ich zu hoffen gewagt hatte. Ihr Kitzler war bereits leicht geschwollen vor Lust und ihre Muschi glänzte nass, verlockend und super sexy. Unvermittelt brach das Video ab.

Ich ertappte mich dabei, dass ich während meiner Privatvorführung mit der einen Hand meine Eier geknetet hatte. Das Ganze machte mich geiler, als ich mir dies vorher vorgestellt hatte. Normalerweise machte ich das nicht, aber im Moment war es mir egal. Dieser Augenblick war so geil gewesen, dass ich jetzt einfach weitermachen musste und mir vorstellte, es wären ihre Hände, die meinen Schwanz verwöhnten.

Eine weitere Nachricht. Wobei ich nicht sagen konnte, wieviel Zeit inzwischen vergangen war. Und sehr zu meiner Freue auch ein weiteres Video.

‚Oh Mann', denke ich mir noch.

Doch die Neugier war natürlich zu groß und ich öffnete das Filmchen mit fahrigen Fingern. Die Kameraposition war so gewählt, dass sie genau auf ihre feuchte Muschi ausgerichtet war. Diese glänzte nur so vor Lust. Ich konnte mehr als deutlich erkennen, wie geil sie war. Daumen und Zeigefinger spreizten ihre Schamlippen und legten den Kitzler frei. Sanft tippte ihr Finger auf den Kitzler, was ihr prompt ein leises Stöhnen entlockte. Sie umkreiste ihn immer schneller, bis sie ein paar Mal zuckend - und jetzt lauter stöhnend - zum Orgasmus kam. Mittlerweile war meine Hand ganz automatisch in meine Hose gewandert und ich rieb meinen Schwanz schneller.

Noch immer fasziniert von ihrem letzten Video, folgte schon das nächste. An der phantastischen Perspektive hatte sich nichts geändert. Doch nun bearbeitete sie ihre Muschi mit dem Dildo von vorhin. Immer wieder stieß er in sie hinein und ihr Stöhnen wurde mit jedem Stoß lauter. Das Zucken immer intensiver. Ist sie schon wieder gekommen? Mehrmals? Unabhängig davon, dringt der Dildo wieder und wieder bis zum Anschlag in sie ein und verursacht dabei jedes Mal ein leicht schmatzendes Geräusch.

War mir vorher die Vorführung zu schnell zu Ende, so hatte ich jetzt genau das gegenteilige Problem. Wie ich an dem Balken sah, lief das Video bestimmt noch drei bis vier Minuten. Ich blickte auf meinen pulsierenden Schwanz in der Hand und fragte mich, wie lange ich diesen geilen Anblick noch genießen durfte. Wie sollte ich das nur aushalten?

Auf einmal wurde der Dildo herausgezogen und sie begann, sich mit zwei Fingern selbst zu ficken. Immer wieder klatschte ihre zur Faust geballte Hand auf ihre Muschi und die Finger drangen tief in sie ein. Es sah ein wenig brutal aus, aber ihr lautes Stöhnen bestätigte, dass es sie total geil machte. Auch ich konnte nicht abstreiten, dass ich geil ohne Ende war. Mittlerweile knetete ich meinen Schwanz, meine Hand umspielte meine Eichel und ab und zu strich ich mir über die Eier.

Meine Augen waren wie gefesselt auf den Bildschirm gerichtet. Unvermittelt stöhnte sie sehr laut auf, stieß noch zweimal mit den Fingern zu und zog diese dann ruckartig aus ihrer Muschi. Ein gewaltiger Schwall Flüssigkeit spritzte aus ihrer Muschi Richtung Kamera. Dieses spritzige Schauspiel wiederholte sich unter Stöhnen noch einige Male – wirklich ein sehr nasser, multipler Orgasmus. Während sie ihren Kitzler streichelte, triefte das ganze Handtuch, auf dem sie lag, vor Nässe. ‚Wie geil'. Noch während ich das dachte, spürte ich das nun wirklich sehr dringende Verlangen, auch abzuspritzen. Ich hielt es einfach nicht auch nur eine Sekunde länger aus. Lustvoll stöhnend, ergoss ich mich in einem heftigen Schwall auf meine Hände und meinen Bauch. Genießerisch schloss ich die Augen und knetete ihn noch ein wenig weiter, während der Saft meine Hände und meinen Schwanz hinablief. Ich saute mein Tablet ein, als ich ihre nächste Textnachricht öffnete.

"Das war so geil! Es hat mir riesig Spaß gemacht. Aber jetzt bin ich total erschöpft.

Hat es dir auch gefallen?"

Kurzerhand nahm ich mein Handy, machte ein Bild von dem Ergebnis und schickte es ihr.

"Ein Bild sagt mehr als tausend Worte ;-)" schrieb ich dazu.

**Nach der Idee eines Gentlemans:
Paul Logen (41) aus Hannover**

Reiches Er-Leben
Extravagant und royal infam

Alles begann mit einem unverfänglichen Kontakt im Chat zu Thema: MMF/Bi. Ich war in den MMF-Chat eingedrungen und stellte die provokante These in den Raum, dass man im MMF-Raum auch die Konstellation Bi diskutieren könne - sehr zur Entrüstung der im Raum Anwesenden. Wir beide setzten unsere Unterhaltung am Rande fort und entdeckten eine ähnliche Faszination für dieses Thema.

Nachdem du dein altes Profil gelöscht und dich wieder neu angemeldet hattest, haben wir unseren Kontakt auf schriftlicher Basis wieder aufgenommen.

Für den Samstag zur ‚Extravaganza' hatten wir uns "kurzgeschlossen" - beide ohne Begleitung und keiner wollte alleine gehen – *schmunzel. Bereits im Vorfeld unseres Schriftverkehrs wurde deutlich, dass wir beide mehr als eine reine Begleitung durchaus in Erwägung zogen. Allerdings blieb vieles offen - ungefragt und ungesagt.

Du holtest mich am Hotel ab und wir gingen essen. Schon dabei lag extrem viel Spannung in der Luft. Anschließend fuhren wir zum Cantonium, zogen uns um und tauchten in den sündigen Tempel der extravaganten Lust ein.

Am Rande einer Bondage-Session lehntest du dich von hinten an mich. Wir beobachteten die Menschen, wie sie tanzten, spielten und sich ihrer Lust hingaben. Ich spürte deinen harten Schwanz, der sich deutlich in deiner Hose abzeichnete. Meine offene

Corsage bot dir viele Spiel-Möglichkeiten. Du standst hinter mir - dich eng an mich drängend. Deine Finger fanden den Weg zu meinen Knospen, die so schön erreichbar und frei zugänglich waren. Du spieltest mit ihnen, ganz dicht an der Grenze zwischen Schmerz und Lust.

Wir beobachteten, wie die Leute rund um uns herum immer freier und hemmungsloser wurden. Sie wiegten sich im Rhythmus der Musik und gaben sich dem Gefühl absoluter Freiheit hin. Dann schob sich deine Hand unter meinen Rock und entblößte mein Hinterteil. Du holtest aus und schlugst zu. Immer exakt dann, wenn ich mich gerade vor Lust - ob der Aufmerksamkeit an meinen Brüsten durch deine andere Hand - genießend in einem Rausch befand. So wurde ich zwar auf den Boden der Tatsachen zurückkatapultiert, aber gleichzeitig umspülte mich dabei jedes Mal eine neue Welle der Lust.

Deine Finger fanden ihren Weg zwischen meine Beine. Anfangs erkundeten sie vorsichtig das Terrain - später immer fordernder. Ich schob mich dir sehnsüchtig entgegen. Du begannst in mich einzudringen und setztest einen Rhythmus an, den du immer wieder kurz vor dem Orgasmus beendet hast. Eine zähe und süße Folter - schwer auszuhalten nach unendlich vielen Beginnen und Enden ohne Erfüllung. Ich spürte deinen harten Schwanz durch deine Hose und lechzte nach seiner Erkundung. Aber auch das enthieltst du mir vor. Du Folterknecht! *Zwinkert

Du triebst mich vor dir her. Irgendwann bettelte ich dich an, mich endlich kommen zu lassen. Du gabst nach und mein süßer Saft ergoss sich in deine Hand. Er lief meine Beine hinunter - wieder und wieder. Ich sah in deinem Blick, wie du dich an meiner Lust ergötztest und es genossen hast, mich in der Hand zu haben.

Um unser Spiel intensivieren zu können, verlegten wir es ins Hotel. Als wir jedoch dort angekommen waren, fielen wir vor Erschöpfung in den Schlaf. Nach dem Erwachen holtest du dir das ab, ‚was dir zustand' und nahmst mich - für dich ein.

Dieser erste Abend blieb mir sehr deutlich im Gedächtnis und schrie nach einer Intensivierung und Fortsetzung - zu gegebener Zeit.

Die ‚INFAME ROYALE' bot dafür ein geeignetes Pflaster. Eine sündige Party im Stil der 20er Jahre in Berlin. Die Musik war dem Motto entsprechend, die Gäste schön gekleidet – einfach ein tolles Ambiente.

Nach einer Weile am Rande der Tanzfläche gingen wir die Empore hinauf - noch mit unliebsamen Begleitern im Schlepptau, die baldigst entfernt wurden. Dann standen wir zu zweit am Geländer der Empore, schwelgten in der Musik und dieser unglaublichen Atmosphäre.

Du hattest die Gerte eingepackt, die du nun zum Einsatz brachtest. Süße Schmerzen vermischt mit Lust. Deine Hände zwischen meinen Schenkeln – fordernd - mich hinhaltend. Immer im Wechsel mit den Schlägen durch die Gerte. Schmerz – Lust - Schmerz. Es zog sich hin - schön.

Du drücktest mich vor dir runter. Öffnetest den Reisverschluss deiner Hose und schobst mir deinen Schwanz in den Mund. Du beobachtetest das bunte Treiben um uns herum und mich, wie ich deinen Schwanz immer tiefer in mir aufnahm. Wobei wir in unserer Ecke völlig ungestört waren.

Ich sah, wie dein Kopfkino arbeitete. Du hattest dich ans Geländer gelehnt und sahst mir zu. Wir wechselten in den Keller. Ich sollte mich setzen - auf einen Stuhl. Die Gerte streifte meine Brustwarzen und ich zuckte. Du küsstest und lecktest meine Nippel - dann wieder die Gerte. Ich spreizte meine Beine leicht, aber nicht weit genug, sodass du mit der Gerte nachhalfst. Ein Klaps zwischen bzw. auf den einen Schenkel, einer auf den anderen. Du hörtest mich stöhnen. Die Lust hatte mich fest im Griff - und du mich auch.

In der Ecke ging ein Vorhang auf und wir nutzten die Chance auf ein wenig Privatsphäre im Séparée hinter dem Vorhang. Dort stand ein Gyn-Stuhl. Du befahlst mir, drauf Platz zu nehmen und fingst an, mit deiner Zunge und deinem Mund zwischen meinen Beinen zu spielen. Mir schwanden die Sinne. Deine Finger in mir. Ich war nass - dir völlig ausgeliefert und das alles gut ausgeleuchtet.

Zwischendurch lässt du mich die Gerte spüren - auf meinen Nippeln, die du im Wechsel küsst und zwirbelst, haust und küsst. Ein paar kurze Hiebe auf die Schenkel und meinen Hintern - mit den Fingern und der Zunge im Wechsel. Das bringt mich zum Abspritzen - wieder und wieder.

Ich halte die Spannung nicht mehr aus und bitte dich: "Fick mich!"

Du dringst in mich ein und ich kann uns dabei zusehen - im Spiegel mit Spotlight.
Du willst abspritzen und nimmst deinen Schwanz in deine Hand. Ich knie vor dir. Strecke dir meine Brüste und meine harten Nippel entgegen.

Bis du kommst und deinen Saft auf meine Brüste abspritzt und mir dabei ins Ohr hauchst:

"Woah - das wird mein Schwanz wohl noch öfter verlangen, wann immer ich daran denken werde."

Nach der Idee einer Lady:
marylou73 (44) aus Braunschweig

One-Way-Ticket to the Moon

Schon auf der Treppe Richtung BDSM-Keller konnte ich ein mir sehr vertrautes Geräusch vernehmen, welches stets ein Prickeln und eine leichte Gänsehaut bei mir auslöste. Das Klatschen einer flachen Hand auf nackter Haut.

Ich war mit Freunden schon öfter in diesem Club gewesen und natürlich auch in diesen schwarz gestrichenen Kellergewölben, die jede Menge Spielzeug und Gerätschaften enthielten. Vom Andreaskreuz über einen Bock und Haken für Bondage-Fans. Neugierig geworden, beschleunigte ich meine Schritte – soweit dies mit meinen hohen Absätzen möglich war. Endlich unten angekommen, sah ich ein Pärchen, das sich auf der großen, rot bezogenen Matte vergnügte. Sie saß rücklings auf ihm und er fickte sie, während ihre hübschen, runden Möpse im Takt seiner Stöße auf und ab wippten. Alle paar Sekunden versetzte er ihr dabei einen ordentlichen Klaps auf ihren Hintern, was sie stets prompt mit einem Stöhnen quittierte.

Ich blieb stehen und verfolgte die Szenerie gespannt und bemerkte nun auch das Halsband, an dem ihr Spielpartner sie immer mal wieder etwas schräger nach hinten zwang, wobei auch ein Zug an ihrem Pferdeschwanz den gleichen Zweck erfüllte und sie ihren Rücken weiter durchbog. Die beiden hatten offensichtlich Spaß, denn ich konnte ihre Nässe hören, während er seinen harten Schwanz immer wieder tief in ihr versenkte.

Dann vernahm ich jedoch weitere Schritte hinter mir, welche die Treppe herabkamen. Wie sich herausstellte, gehörten sie zu Steven, den ich flüchtig vom Sehen kannte. Er nickte mir im Vorübergehen schelmisch zwinkernd zu und ging direkt auf das Pärchen zu.

An die beiden gewandt, sagte er nur: „Das klingt ja schon ganz hübsch, aber da geht noch deutlich mehr!".

Die beiden wirkten etwas überrascht, aber nicht ablehnend.

„Wenn es euch nicht stört, würde ich gerne ein wenig mitspielen und die Lady mal so richtig fliegen lassen".

„Na dann - versuch mal dein Glück, aber ficken ist nicht" entgegnete der männliche Part des Pärchens, während seine Lady lediglich ihr neues Gegenüber interessiert musterte.

Steven sah heute aber auch wirklich zum Anbeißen aus. Er trug eine eng geschnittene, schwarze Anzughose, die seine schmalen Hüften und den knackigen Po betonte. Darüber bildete der leicht gebräunte, nackte Oberkörper einen schönen Kontrast zu seinem weißen Kragen mit schwarzer Fliege und den weißen, mit Knöpfen versehenen Armmanschetten. Seine dunklen Haare schimmerten durch das Haarwachs fast blauschwarz. Außerdem roch er sehr lecker nach ‚One Million' - einem meiner absoluten Lieblingsdüfte.

Ich war sicherlich mindestens so gespannt, wie sie, was jetzt passieren würde und blieb natürlich wie angewurzelt stehen. Hatte mich dieses Schauspiel bislang schon angemacht, so wollte ich auf keinen Fall verpassen, was jetzt, da sich dies zu einem Dreier entwickelte, noch passieren würde.

Im Stillen beglückwünschte ich mich zu meinem offensichtlich perfekten Timing, was den heutigen Clubbesuch und meine Stippvisite im Keller anging. Ich fühlte ein Kribbeln, das an meiner Wirbelsäule Richtung Becken entlanglief und das Schubbern meiner aufgestellten Nippel an der Korsage. Dazu kam noch die aufsteigende Feuchtigkeit zwischen meinen Schenkeln – mir war jetzt schon heiß.

Ich mochte diese sexy Atmosphäre, die mich stets in ihren Bann zog, wenn ich mich in einem Club bewegte. So stark wie heute, hatte ich dies allerdings noch nie zuvor empfunden.

Ich blickte wieder auf die Matte vor mir und beobachtete Steven, wie er ein paar Nippelklemmen aus seiner Hosentasche hervorzauberte. Das Pärchen fickte inzwischen weiter und er befestigte die Klammern einfach an den vor ihm schaukelnden Möpsen. Als er den Widerstand ganz langsam herausdrehte, bissen sich die Lady und ich gleichzeitig auf die Lippe. Ich hörte ihr Stöhnen und merkte, wie ich nun wirklich nass wurde. Wobei mein Ouvert-Slip dabei nicht wirklich hilfreich war.

„Wusste ich doch, dass man dir damit eine Freude machen kann", hörte ich Steven sagen, der dabei kurz auch in meine Richtung schaute.

Ich hatte das Gefühl, als würde er mit mir sprechen, war mir aber nicht wirklich sicher, ob ich mir das nicht nur einbildete.

„Fick sie schneller – du musst sie ein bisschen ablenken, bei dem, was ich gleich vorhabe", kam seine nächste Ansage.

Was hatte er vor? Ich hatte keinen Plan, was er als nächstes tun würde, aber ich warte gespannt wie ein Flitzebogen darauf und wünschte, ich hätte meine eigenen Nippelklemmen dabei. Doch die lagen brav zuhause in meiner Schublade – so ein Mist. Es musste reichen, mit meinen Fingern daran zu ziehen und sich den Rest vorzustellen.

Steven griff ein Seil, das an der Wand hing und hakte den am Ende befindlichen Karabinerhaken in die zwischen den Nippelklemmen befindliche Kette ein. Dann zog er das Seil straffer, wodurch ihre Möpse schon recht deutlich nach oben gezogen wurden. Ihr entfuhr ein kleiner Aufschrei, doch Steven war noch nicht zufrieden mit dem Ergebnis.

„Ein bisschen höher geht's ganz sicher noch – oder?"

Auch wenn dies als Frage formuliert war, ignorierte er ihr gemurmeltes „Bitte nicht mehr viel stärker" und intensivierte den Zug auf ihre Titten noch ein kleines bisschen, bevor er das Seil schließlich in dieser Position an der Wand festmachte.

Ich saugte diese Szenerie gierig in mich auf und merkte erst jetzt, dass ich mich selbst dabei jetzt nicht nur ziemlich heftig in die harten Nippel kniff, sondern mit der anderen Hand meine Klit rieb. Irgendetwas machte sich hier gerade selbständig, denn wenn ich gerade etwas unbedingt wollte, dann an ihrer Stelle dort auf diesem Schwanz zu reiten - mit dem unnachgiebigen, gleichzeitigen Zug an meinen Möpsen.

Was jetzt folgte, brachte meine Muschi dazu, sich lauthals zu Wort zu melden und ich konnte nicht anders, als mit zwei Fingern nicht nur über meine Klit zu reiben, sondern diese schließlich auch noch in mir verschwinden zu lassen.

Steven schaute der Lady ins Gesicht, lächelte und sagte: „Komm schon, lass mich deine ganze Lust hören – jetzt!"

Dabei versetzte er ihren Titten abwechselnd links und rechts immer wieder einen kleinen, seitlichen Schlag mit der flachen Hand, sodass sie sich in der Mitte trafen. Jetzt stöhnte sie wirklich laut, während ihr Partner sie noch heftiger fickte und dessen Schläge auf ihren Hintern zusammen mit denen auf ihre Titten eine Art Musik ergaben.

Durch den Zug nach oben hatte sie sich etwas aufgerichtet, wodurch das Klatschen ihrer nassen Muschi bei jedem Stoß deutlich zu vernehmen war. Alles zusammen ergab einen unwiderstehlichen Rhythmus und eine extrem sexy wirkende Geräuschkulisse.

Steven stieß hervor: „Sie ist soweit - fick sie in den Arsch!"

Ich sah in ihre weit aufgerissenen Augen, als ihr Partner seinen Schwanz genau dahin schob, während Steven mit den Fingern erst an ihrer Klit spielte und ihr dann zwei Finger in ihre Muschi schob. Ein harter Griff und Zug an ihrem Pferdeschwanz und sie spritzte Steven und ihren Partner wirklich nass. Ich hörte ihr gurgelndes Stöhnen, sah ihren Saft, der sich über Stevens Hand und Arm ausbreitete und über die Hüfte und Beine ihres Partners lief.

Man konnte ihre Lust förmlich auf der eigenen Haut spüren, sie riechen und während er in ihrem Arsch abspritzte, entspannte sie sich erst, als Steven sowohl den Griff in ihren Haaren und auch das Seil löste. Ihr Oberkörper kippte nach vorne, Steven fing sie geschickt auf und stützte sie, bis sie wieder normal atmen konnte.

Ich hörte sie erschöpft und völlig entspannt murmeln: „Scheiße, war das ein geiler Flug!" Gefolgt von einem lauten „Au" als Steven auch noch die Nippelklammern entfernte.

Wobei ich dachte: ‚Was war das denn für eine geile Nummer. Shit – ich muss jetzt auch unbedingt fliegen!'.

Steven entgegnete nur lächelnd: „Gerne geschehen" und drehte sich auf dem Absatz um, um dann ganz dicht vor mir stehenzubleiben.

Jetzt war ich es, die vermutlich aussah, wie das berühmte Kaninchen vor der Schlange. Ich nahm nur seinen animalischen Duft war, als er so dicht vor mir stand, dass ich seinen harten Ständer mehr als deutlich spüren konnte. Es war nun ganz eindeutig eine Mischung aus Eau de Parfum und Testosteron und sie machte mich extrem an.

Steven küsste mich hart auf den Mund und seine Zunge spielte heftig mit meiner. Dann gab er mir einen kurzen Moment, um Luft zu holen, bevor seine Finger den Weg zwischen meine Schenkel fanden.

„Genauso muss das sein – so richtig schön nass. Freut mich, dass dir meine kleine Show gefallen hat. Ich kenne dein Profil und dachte mir, bevor ich versuche, dich lang und breit verbal davon zu überzeugen, dass mir der Spaß meiner Partnerin wirklich wichtig ist, zeige ich es dir lieber. So kannst du dir selbst ein Bild davon machen, ob das die richtige Spielart für dich ist."

Ich war immer noch völlig geflasht und mir fehlten die Worte. Damit hatte ich heute Abend nun so gar nicht gerechnet. Auch wenn man natürlich nie vorher weiß, wie so ein Clubabend verlaufen wird. Da dies entscheidend von den anderen Gästen abhängig ist, auf deren Verhalten man selbst meist recht wenig Einfluss hat. Wobei ich zugeben musste, dass dieser Appetithappen vonseiten Stevens extrem gelungen war und definitiv süchtig nach mehr machte.

Ich hatte mich und meine Sucht nach Sex nicht mehr unter Kontrolle, aber das wollte ich gerade auch gar nicht. Also ließ ich ihn einfach gewähren. Denn schließlich war er offensichtlich gerade dabei, mir genau das zu geben, was ich im Moment unbedingt wollte: ihn und seinen Schwanz. Die Vorstellung gleich mit ihm zu ficken, ließ mich jetzt schon schweben und ich merkte, wie mein Saft nass zwischen meine Schamlippen lief.

Steven schob mich mit der anderen Hand in Richtung der Matte und ehe ich mich versah, lag ich mit einem Schubs darauf. Das Pärchen machte uns bereitwillig Platz und wünschte uns viel Spaß. Er knöpfte seine Hose auf, warf sie zu Boden und platzierte mich auf einem frischen Handtuch, bevor er sich ein Kondom überstreifte.

Da mein Kopfkino deshalb zuvor schon Purzelbäume geschlagen hatte, griff ich mir die noch auf der Matte liegenden Nippelklammern, die genau die gleichen waren, wie meine zuhause. Ich befestigte sie dann auch ohne Probleme an meinen Nippeln und nahm die Kette in den Mund, wodurch der Zug an meinen Möpsen schon recht heftig war, auch wenn ich dabei den Kopf natürlich gesenkt halten musste.

Nachdem sich Steven hingekniet und auf seine Unterschenkel gesetzt hatte, zog er mich kurzerhand mit einem kräftigen Ruck und gespreizten Beinen auf seinen Schoß und damit natürlich auch direkt auf seinen harten Ständer.

Das war genau, wonach meine Muschi – gefühlt seit Stunden – schon die ganze Zeit schrie. Jetzt machte sie dafür sehr deutliche, nasse Geräusche und ich genoss das Gefühl seines Schwanzes in mir, der immer schneller und sehr dringend wieder und wieder in mich eindrang. Durch meine schräg nach oben zeigende Lage rieb Steven dabei auch jedes Mal mit seiner Schwanzspitze über meinen G-Punkt.

Ich keuchte lauthals und wusste, ich würde das nach diesem Vorspiel nicht mehr lange aushalten und jetzt auch gleich spritzen. Das tat ich dann auch ganz unvermittelt, als Steven anfing, auch noch zusätzlich mit dem Daumen über meine Klit zu reiben. Derart heftig war ich noch nie zuvor gekommen – um mich drehte sich alles.

„So ist's brav meine Süße" kommentierte Steven selbstzufrieden die Pfütze, die sich um uns gebildet hatte. Während er mich noch schneller fickte und seinen Schwanz erst ganz kurz vor dem Kommen herauszog, das Kondom abstreifte, um dann zuckend auf meinem Bauch abzuspritzen.

Mir war schwindelig und deshalb war ich froh, dass sich Steven anbot, mir oben von der Bar etwas zu trinken zu holen. So hatte ich Zeit, noch ein paar Minuten länger in diesem tranceartigen Zustand zu verharren, bei dem ich an gar nichts dachte und einfach nur dieses unglaublich freie und entspannte Gefühl des Fliegens abebben lassen konnte.

Nach der Idee einer Lady:
K.D. Michaelis (53) aus Hannover

Ein Hauch von Frühling

Es ist Mitte Mai und ich habe es mir auf meiner Gartenliege bequem gemacht. Mit geschlossenen Augen genieße ich die warmen Sonnenstrahlen auf meiner Haut und höre dem fröhlichen Gezwitscher um mich herum zu. Selbst die Vögel scheinen heute in ausgesprochener Frühlingsstimmung zu sein – genauso wie ich.

Ganz in meinem Tagtraum gefangen, stelle ich mir vor, wie ich einen Raum betrete und mein Blick auf dich fällt. Eine attraktive, bildhübsche und vor allem sehr erotische Frau. Du liegst nackt und gefesselt mit verbundenen Augen vor mir. Im Hintergrund läuft sanfte Musik.

Ich betrachte jeden Zentimeter deines wunderschönen Körpers und gehe langsam auf dich zu - berühre leicht deine Hand, spüre deinen rasch klopfenden Pulsschlag und versuche dir die Nervosität etwas zu nehmen. Deshalb frage ich dich ganz leise und sanft, ob du bereit bist, mit mir auf eine gefühlvolle, sinnliche und erotische Reise zu gehen. Obwohl du mich nicht sehen kannst, hauchst du mir ein leidenschaftliches Ja entgegen.

Ich schaue mich genauer im Zimmer um und erblicke so einige Utensilien, die ich mit auf unseren Trip nehmen werde. Für den Anfang ist eine Federboa genau das Richtige. Ich streichle damit über dein Gesicht, deine Brüste und über den Bauch bis hin zu deiner rasierten Muschi. Dein Kitzler reagiert auf diese fast gehauchte Berührung. Ich höre ein leichtes Stöhnen aus deinem wundervollen, süßen Mund.

Mit einer Erdbeere streiche ich langsam über deine Lippen. Du geniest dieses Gefühl erst ein wenig, bevor du sie gierig verschlingst. Die nächste Frucht nehme ich zwischen meine Lippen und berühre mit der Erdbeere im Mund deine Lippen. Wir versinken in einem intensiven Kuss. Etwas außer Atem entkorke ich die Sektflasche, fülle ein wenig davon in einen Sektkelch und benetze deine Lippen mit einigen Tropfen. Du leckst sie gierig mit der Zunge auf. Weitere Tropfen fallen prickelnd zwischen deine herrlichen Brüste und hinterlassen eine feuchte Spur, bis sie ihren Weg in deinen Bauchnabel gefunden haben.

Mit meiner Zunge schlürfe ich den Sekt aus deinem Nabel, bevor ich mich damit so langsam genüsslich in Richtung deiner Brüste vorarbeite und diese liebkose. Ich spüre, wie dein Atem vor Erregung schneller wird. Davon angespornt, züngele ich weiter in Richtung deines Schosses, um jetzt auch deinen Kitzler zu verwöhnen. Lust durchzuckt dich und du versuchst dich zu bewegen, kannst es aber dank der Fesseln nicht. Ich mache weiter. Sauge und lecke deinen kostbaren Saft auf.

Dein Stöhnen wird lauter und du schreist: „Nimm mich – jetzt!".

Aber ich will dich noch ein wenig weiter reizen und genieße das Spiel mit der Zunge, um dich noch mehr zu erregen. Langsam ziehe ich mich nebenbei ebenfalls aus und beuge mich über dich. Gierig nimmst du mein bestes Stück in den Mund - lutscht und saugst daran.

Ich bin ebenso erregt wie du. Flehend bittest du mich noch einmal: „Nimm mich - jetzt und ganz".

Ich streife mir ein Kondom über. Dann dringe ich gefühlvoll und ganz langsam in deine Muschi ein. Unsere Lippen verlieren sich in intensiven Küssen. Wir stöhnen und unser Rhythmus, die Bewegungen werden immer schneller, leidenschaftlicher.

Mit einem lauten, gemeinsamen „Ahhhh" kommen wir beide.

Dein Körper bebt und zuckt, als ich mit meiner Zunge noch einmal deinen Kitzler stimuliere, während mir ein Blick in dein Gesicht einen strahlenden, entspannten Ausdruck offenbart.

Ich stehe langsam auf, greife nach der Bodylotion und massiere deinen ganzen Körper – von den Brüsten, über deinen Bauch, bis hin zu deinen Beinen. Ich kann spüren, wie die Anspannung deiner Muskeln nachlässt.

Du bittest mich, dich loszubinden und die Augenmaske zu entfernen. Diesen Wunsch erfülle ich dir gerne. Wir umarmen und küssen uns, wobei wir uns dabei zum ersten Mal tief in die Augen schauen können. Ich drehe dich auf den Bauch und massiere dir jetzt auch noch den Rücken und die Schultern. Doch anstatt die Entspannung zu vervollkommnen, überfällt uns dabei erneut die Lust aufeinander. Während ich noch hinter dir sitze, ziehst du plötzlich deine Beine an und reckst mir auffordernd deinen Po entgegen.

Dieser Einladung kann ich einfach nicht widerstehen und während ich noch Küsse auf deinem hübschen, runden Hinterteil verteile, steigert sich mein Verlangen auf dich von Sekunde zu Sekunde, bis ich schließlich von hinten in dich eindringe. Die Welt um uns herum versinkt in einem Rausch aus Stöhnen und Verlangen, bis wir schließlich zusammen entspannt und hochbefriedigt Arm in Arm einschlafen.

Nach der Idee eines Gentlemans:
Mr. Jay (46) aus Hannover

Aufbruch zu völlig neuen Horizonten

Alles begann an einem schönen Sommertag an meiner Shell-Tankstelle. Ich stand neben meinem roten Cabriolet, tankte es voll und nahm nur aus den Augenwinkeln heraus wahr, dass ein silbergrauer Mercedes hinter mir anhielt. Irgendwann fühlte ich, dass mich jemand ganz genau musterte. Es war der Mercedesfahrer, der jeden Zentimeter meiner langen, schlanken Beine in dem kurzen Sommerrock bewunderte und seine Blicke über meinen ganzen Körper wandern ließ.

Ich war ein wenig in Eile und ignorierte seine offensichtliche Bewunderung einfach, bis ich an der Kasse wieder auf ihn traf und er mich fragte, ob ich noch Zeit für einen Kaffee hätte.

Ich drehte mich ganz kurz mit einem abweisenden Gesichtsausdruck zu ihm um und sagte einfach nur „Nein".

Ich fuhr nach Hause und dachte nicht mehr an diese unglaublich strahlenden, blauen Augen – bis genau eine Woche später. Ich tankte wieder dort und als ich bezahlen wollte, sah ich ihn dort sitzen und einen Kaffee trinken. Ich erkannte ihn auf Anhieb wieder und musste lächeln.

Als ich eintrat, kam er sofort auf mich zu und fragte mich: „Hast du heute Zeit für einen Kaffee".

An diesem Tag hatte ich Lust und Zeit und außerdem fand ich es einfach toll, dass er genau zur gleichen Zeit wie letzte Woche wieder hier war. Also stimmte ich zu. Wie sich später herausstellte, war er tatsächlich jeden Tag zur gleichen Zeit an der Tanke gewesen und hatte eine halbe Stunde gewartet, ob ich ebenfalls wieder hier sein würde. Natürlich - nachdem er sich zuvor - bei meinem Tankwart erkundigt hatte, ob ich hier öfter vorbeikam.

Wir unterhielten uns angeregt und seine wahnsinnig blauen Augen übten eine immer größere Faszination auf mich aus. Er war insgesamt eine sehr imposante Erscheinung, wie ich bei näherer Betrachtung feststellte. Er war fast 2 m groß und hatte einen durchtrainierten, kräftigen Körper, dessen Muskulosität man trotz des maßgeschneiderten Anzugs, den er trug, gut erkennen konnte. Er war charmant und so dauerte es auch nicht lange, bis er mich zum Essen einlud. Da ich an diesem Tag aber leider keine Zeit dafür hatte, tauschten wir unsere Telefonnummern aus und verabredeten uns ein paar Tage später zum Dinner.

Er brachte mich zum Lachen und wir sprachen über alles Mögliche – auch über uns und so begann unsere Affäre. Obwohl wir beide andere Partner hatten, haben wir uns - so oft es sich einrichten ließ - getroffen und ich genoss diese Verabredungen mit Marco, denn ich hatte nach Jahren endlich wieder richtige Orgasmen, die ich so lange vermisst und immer nur vorgespielt hatte. Er machte mich einfach an, diese muskulöse, große, männliche Statur mit seinem dunklen, vollen und von leichtem Silbergrau durchzogenen Haaren, seinem Lächeln, seinen strahlendblauen Augen und dieser Aura von Sex.

Eines Abends fragte er mich: „Süße, hast du Lust, etwas ganz Besonderes und Verrücktes zu erleben?"

Ich dachte nur ganz kurz darüber nach und obwohl ich mir nicht ganz sicher war, antwortete ich: „Ja klar, ich bin dabei!"

„Okay – dann warte auf meinen Anruf und ich gebe dir dabei einige Anweisungen, die du genau erfüllen wirst und zwar ohne Widerworte".

Die Spannung stieg. Ich behielt mein Handy stets griffbereit und habe wohl einhundert Mal am Tag und in der Nacht nachgesehen, ob ich nicht doch eine Nachricht oder einen Anruf von ihm verpasst hatte. Dieses Warten machte mich noch verrückt und gleichzeitig war es extrem spannend, da ich ja nicht wusste, was da nun genau auf mich zukommen würde.

Er erlöste mich erst zwei Wochen später von dieser quälenden Ungewissheit. Es war helllichter Vormittag, als mein Handy endlich seinen Anruf meldete.

Marco erklärte mir den Ablauf des heutigen Abends. Er würde mich pünktlich um 20 Uhr abholen. Dabei dürfte ich nur Strümpfe mit Strapshalter und High Heels sowie meinen langen, schwarzen Mantel darüber tragen.

Im ersten Moment protestierte ich lautstark, da es inzwischen Winter war. Trotzdem wollte ich nichts lieber, als seiner dominanten Aufforderung zu folgen. Der Nachmittag war irgendwie viel zu lange und so beschäftigte ich mich mit duschen, Haare machen, der Suche nach den richtigen Schuhen und lackierte meine Fingernägel in einem dunklen, auffälligen Rot, das Marco so gerne mochte.

Kurz vor 20 Uhr meldete sich mein Handy erneut und Marco teilte mir mit, dass er gleich bei mir sein würde und ich schon einmal herunterkommen sollte. Ich war nervös und dachte darüber nach, was die Leute wohl denken mochten, wenn sie mich in diesem Aufzug sahen. Obwohl ja gar nichts zu sehen war, denn mein Mantel reichte bis an die Knöchel. Trotzdem war ich so noch nie in der Öffentlichkeit herumgelaufen und es fühlte sich alles seltsam prickelnd, neu und aufregend an.

Marco kam um den Wagen herum, öffnete mir die Tür und half mir beim Einsteigen, was mit meinen 16 cm hohen Absätzen nicht ganz so einfach war. Wir fuhren los und nach kurzer Zeit hielt er den Mercedes wieder an. Dann verband er mir die Augen und wir fuhren weiter. Während der Fahrt öffnete er meinen Mantel und schob ihn soweit zur Seite, dass mein Oberkörper frei lag.

Marco meinte mit einem Schmunzeln: „Jetzt können alle deine schönen Brüste bewundern".

So fuhren wir eine Zeit lang durch Hannover und zwar - wann immer möglich – auf der linken Spur, damit die rechts von uns fahrenden oder an der Ampel wartenden, anderen Autofahrer einen Blick auf mich und meine nackten Brüste werfen konnten. Er kommentierte dies jedes Mal, da ich ja selbst nichts sehen konnte und das machte ihn schon ziemlich an, wie ich an seiner Stimme erkennen konnte.

Ich kann nicht sagen, wie lange wir tatsächlich einfach nur herumgefahren sind. Für mich fühlte sich das wie eine Ewigkeit an, auch wenn ich dabei tatsächlich erregt war. Etwas, was ich mir bis dahin nicht hatte vorstellen können.

Der Wagen stoppte erneut und Marco sagte nur: „Wir sind jetzt da. Bleib solange sitzen, bis ich dich abhole."

Er half mir aus dem Auto, wir gingen ein paar Schritte und er klingelte irgendwo. Die Türe wurde geöffnet, aber ohne, dass jemand auch nur ein Wort sprach. Marco hatte beide Hände um meine Taille gelegt und dirigierte mich vor sich her in die richtige Richtung. Ich konnte Musik und Stimmen im Hintergrund erkennen, die jedoch wirklich leise waren. Er streifte mir sanft den Mantel von den Schultern und band meine Hände auf dem Rücken mit einem dünnen Seidenschal zusammen. Wir gingen wieder ein paar Schritte und Marco schob mich mit dem Rücken an eine Wand. Da stand ich nun, nur mit Heels, Strümpfen und Strumpfhalter bekleidet und konnte nicht das Geringste sehen.

Marco begann sanft meinen ganzen Körper zu liebkosen. Er streichelte erst über meine Arme und meinen Nacken, bis er schließlich auch meine Brüste massierte. Dann strichen seine Hände über meinen flachen Bauch weiter zwischen meine Oberschenkel. Plötzlich merkte ich, dass wir nicht alleine waren, da jetzt noch mehr fremde Hände über meine nackten Arme und Schultern streichelten. Marcos kundige Finger fanden schließlich auch den Weg zu meiner Muschi, während er mich küsste. Es war ein wahnsinnig aufregendes Gefühl, von so vielen bekannten und unbekannten Händen überall berührt zu werden.

Dann hörte es auf einmal auf. Er sagte nichts, sondern führte mich einfach weiter – eine kleine Stufe hinauf und legte mich bäuchlings über einen Bock. Er befahl mir, mich daraufzulegen, die Hände vorne nach unten zu strecken und spreizte meine Beine, bis ich richtig positioniert war. Endlich war er mit dem Ergebnis zufrieden und konnte meine langen, sexy Beine richtig bewundern.

Marco erklärte nur noch ganz kurz: „Du machst nur das, was ich dir befehle – egal, was jetzt auch immer passiert."

Zu den anderen Personen gewandt: „Und für euch gilt genau das Gleiche!"

Wieder wanderten viele Hände über mein Gesicht, meinen Nacken und meinen Rücken, was sich unglaublich gut und geil anfühlte. Marco stand hinter mir und hatte angefangen, mit seinen Fingern zwischen meinen Beinen zu spielen. Er reizte meine Klit anfangs nur ganz sanft, dann jedoch immer drängender, bis er mir schließlich seine Finger in meine schon nasse Muschi schob.

Die nächste Ansage folgte auf dem Fuße: „Rechts neben dir steht ein Schwanz – fang an, ihn zu wichsen! Und nachdem du ja noch eine Hand frei hast, massiere auch den Schwanz zu deiner Linken".

Ich lag auf diesem Bock und wichste zwei dicke Schwänze. Dabei fühlte ich warme Hände auf meiner nackten Haut und diese gefühlvollen Finger in mir, die Dinge anstellten, die ich bis dahin nicht kannte. Die ganze Atmosphäre war total sexy, aufregend, ungewöhnlich und so ganz anders, als ich dies bislang gekannt hatte. Mein ganzer Körper war in Aufruhr versetzt und die vielen unterschiedlichen Reize schlugen wie eine Welle über mir zusammen und vereinigten sich zu einem unheimlichen, spannenden Ganzen, dass mich einfach davontrug. Bis seine Finger ihr Werk vollendet hatten, denn ich spritzte in einem heftigen Schwall ab. Mein warmer Saft lief an meinen Beinen herunter und ich wusste überhaupt nicht, was da gerade passiert war. So etwas hatte ich nie zuvor erlebt.

Marco kommentierte mein Squirten mit den Worten: „Das ist so geil. Diese Maus ist einfach zu geil, ganz besonders, wenn sie anfängt, dabei auch noch zu lachen. Also wundert euch nicht, sie lacht euch nicht aus, sondern es zeigt nur an, dass sie auf dem Weg zum Orgasmus ist."

Ich konnte spüren, dass es Marcos wirklich großer, harter Schwanz war, der daraufhin in mich eindrang. Nur er fühlte sich so an! Er fickte mich, bis mein Lachen schon fast hysterisch klang und ich so geil war, dass ich auch mit seinem nächsten Befehl überhaupt kein Problem hatte.

„Und jetzt blas die harten Schwänze abwechselnd, während ich dich zum Orgasmus ficke meine Süße!"

Ich war so in Ekstase, dass ich einfach nicht genug von ihm und den Schwänzen um mich herum bekommen konnte. Ich wünschte, dieser Zustand würde niemals enden. Irgendetwas passierte hier und ich wollte einfach immer mehr davon.

Marco hielt sich zurück und anstatt seines geilen Schwanzes hatte ich plötzlich wieder seine wunderbaren Finger in mir, die mich bereits nach kurzer Zeit erneut zum Spritzen brachten. Wie oft sich dieser Wechsel zwischen ficken und fingern wiederholte, kann ich im Nachhinein gar nicht mehr genau sagen. Hin und wieder versetzte er mir auch einen ganz ordentlichen Klaps auf meinen Hintern, der ganz schön zwirbelte, besonders dann, wenn er ein paar Mal hintereinander genau auf die selbe Stelle schlug.

Trotzdem wusste er ganz genau, was er tat. Denn er bewegte sich mit absoluter Sicherheit genau auf dieser schmalen Grenze zwischen Schmerz und Lust, was mich nur noch mehr erregte. Ich war wie berauscht und fühlte irgendwann, wie Marco auf meinem Rücken und meinem Arsch abspritzte.

Allerdings behielt er sich das alleinige Recht vor, mich zu ficken. Die anderen durften mich streicheln, mich berühren und auch ihre Schwänze in meinen Mund schieben, aber abspritzen durften sie ebenfalls nur auf meinem Rücken. Marco hatte die Situation stets unter seiner vollen Kontrolle, obwohl sich alle anderen inzwischen weit außerhalb ihrer eigenen Grenzen bewegten. Ich konnte zwar immer noch nichts sehen, aber er vermittelte mir alleine durch seine Gegenwart und die Strenge seiner Ansagen genau dieses Sicherheitsgefühl, das ich in diesem Augenblick unbedingt benötigte, um mich auch wirklich fallenlassen zu können.

Seine Aufforderung war dann auch entsprechend: „Lass dich einfach gehen Süße, genieße den Augenblick und spritz nochmal für mich – so oft du willst und kannst!"

Obwohl ich immer noch nicht genug hatte, war ich irgendwann jedoch total erschöpft, was Marco mir auch ansah und mich fragte: „Brauchst du eine Pause Süße?"

Ich bejahte dies, auch wenn ich gerne noch weitergemacht hätte. Allerdings hatte ich auch unglaublichen Durst. Ich weiß nicht, ob es am Schwitzen, dem ständigen Abspritzen oder an den Schwänzen in meinem Mund lag, aber inzwischen war ich irgendwie dehydriert.

Marco führte mich zur Bar, wobei er mich stützen musste, da mich meine Beine einfach nicht mehr trugen.

Dann nahm mir die Augenbinde ab und gab mir mit den Worten: „Die Belohnung hast du dir nun wirklich verdient" einen Vodka-Energy-Drink.

Ich folgte seiner Bitte, die Augen nur ganz langsam zu öffnen, da es an der Bar doch deutlich heller war, wie hinter meiner Augenbinde. Ich gewöhnte mich langsam daran, wieder etwas zu sehen und bemerkte, dass sechs Herren um mich herum Platz genommen hatten. Ich war sozusagen umzingelt, während die - offensichtlich schon vorher am Spiel beteiligten - Herren immer noch über meine nackte Haut streichelten und sich Marco an meiner Seite ebenfalls über die vielen Komplimente für ‚sein Baby' freute.

Er strahlte mich an und meinte: „Genieß es einfach Süße – so wie ich".

Ich kannte das ‚Hemmungslos' bis dahin nicht, aber es gefiel mir ausgesprochen gut hier, besonders in dieser Konstellation. Wir saßen noch lange alle zusammen an der Bar, auch die beiden Mädels, die zuvor ebenfalls an mir gespielt hatten und unterhielten uns lachend.

Selbst unsere Bardame an diesem Abend meinte: „Das war aber mal eine ganz besondere Session mit einer ganz besonders geilen Maus".

Stunden später brachte Marco mich nach Hause und wir verabschiedeten uns mit einem besonders innigen Kuss voneinander. Ich war komplett geflasht – selbst Tage später noch und war immer noch verblüfft darüber, um wieviel geiler und süchtig machender sich Sex auf einmal anfühlen konnte. Weshalb ich sehnsüchtig auf Marcos nächsten Anruf wartete – der natürlich auch kam...

Nach der Idee einer Lady:
frechemaus_2011 (42) aus Hannover

Hänge-Bondage - und das Spiel
erleben, fühlen, fliegen

Meine Wege sollten mich wohl irgendwie wieder in meine gefühlte Heimat *Berlin* führen, indem ich mich in den Chat von *Berlin* einloggte und auf dich traf.

Wir landeten sogleich in einem privaten Gespräch und unterhielten uns über Bondage. Ich hatte schon so oft bei meinen Besuchen im ‚Darkside‘ und beim ‚Fetish Zoo‘ bei unterschiedlichen Bondage-Sessions zugeguckt. Immer mit dem Gefühl: ‚Das hätte ich auch gerne‘ oder ‚Wie gerne wäre ich an ihrer Stelle‘. Diese Erlebnisse ließen mich stets kribbelig, unruhig und sehnsüchtig werden.

Du erklärtest mir, dass du regelmäßig in Berlin trainieren würdest und somit viel Erfahrung auf diesem Gebiet hättest - meine Neugier war geweckt und die Spannung wuchs.

Kurze Zeit später gab es eine ‚Depeche Mode Party‘ im ‚Darkside‘. Ich hatte mich angemeldet und du sagtest mir, du würdest auch dort erscheinen. Ein prickelnder Gedanke.

Der Abend kam. Ich machte mich zurecht. Nahm meine Klamotten mit, zog mich dort um, holte mir etwas zu trinken, tanzte ein wenig und quatschte mit einigen Leuten.

Wir hatten Bilder ausgetauscht und so erkannte ich dich, als du den Raum betreten hast. Anfänglich unterhielten wir uns eine ganze Weile über Bondage. Du teiltest mir mit, wie du vorgehen würdest. Meine Aufregung wuchs. Ich steckte meine

Grenzen ab und erwiderte, dass ich gerne zum Arbeiten mit dem Seil zur Verfügung stünde, aber keine weiteren Spielchen wollte.

Allerdings hielt ich ein paar Einschränkungen für notwendig. Ich sagte dir, dass du mich natürlich beim Bondage auch berühren dürftest - nur nicht im Intimbereich. Aber ich willigte ein, dass du deine diversen Schlaginstrumente an mir anwenden durftest. Außerdem bat ich dich darum, mir die Augen zu verbinden. Denn ich wollte mich ganz auf das Fühlen und Hören konzentrieren und nicht unbedingt durch meine sehenden Sinne abgelenkt werden.

Nachdem wir gefühlt eine Stunde - vielleicht war es auch' weniger - über die ‚Dos and Don'ts' gesprochen hatten, gingen wir in die Ecke eines abgeteilten Raumes und meine Aufregung wuchs weiter. Ich war super nervös.

Ich legte mein Kleid ab. Auf BH und Slip hatte ich bewusst verzichtet und so stand nur in High Heels und halterlosen Strümpfen vor dir und sah zu, wie du deine Seile auspacktest. Mit einem Bondage-Tape vor den Augen wartete ich gespannt und nahm nur die vertrauten Klänge von Depeche Mode um mich herum wahr.

Ich spürte, wie deine Hände mich umfassten und festhielten - mit dem Rücken an dich gelehnt. Du begannst langsam, die Seile um meinen Körper zu legen. Erst um meine Hände und meinen Brustkorb, dann nach und nach auch um meine Beine. Schließlich folgte das Seil um meine Hüfte. Ich trennte mich innerlich immer mehr von mir. Ich hob ab. Ich ließ mich fallen, während ich den leichten Schmerz der Seile spürte. Ich hing frei und du drehtest mich - versichertest dich zwischendurch aber immer wieder, dass es mir gut ging.

Die ersten Schläge kamen überraschend - ich sah sie ja nicht kommen. Sie durchzogen mich, gingen durch Mark und Bein. Schließlich kanntest du meine Schmerzgrenze ja noch nicht. Weshalb ich es teilweise schon als grenzwertig - oder schon drüber hinaus – empfand. Aber nicht so, als dass ich dich hätte stoppen müssen.

Zwischendurch strichst du zart über die Areale, die du gerade noch mit Schlägen begutachtet hattest. Ein Wechselbad der Gefühle überrollte mich. Ich flog - und wie. Das Gefühl dabei war einfach unglaublich.

Kurz bevor mein Kreislauf in die Knie zu gehen drohte, hast du mich langsam wieder heruntergelassen. Mittlerweile war ich weit über den Punkt hinaus, an dem ich dich hätte stoppen wollen. Du interpretiertest meine Signale richtig und das machte die Bahn frei für weitere Aktivitäten.

Meine Augen immer noch verbunden, drapiertes du mich über einen Bock. Unter der Nutzung deiner Schlaginstrumente und deiner Hände wurde ich immer weicher und wilder. Ich genoss es, dass du mich wieder und wieder zum Abspritzen brachtest. Wobei ich schrie - vor Schmerzen und Lust. Meistens war es beides. Ich genoss es und wollte mehr davon. Das Mobiliar unter mir schwamm. Du wolltest mich und ich wollte es auch. Als du von hinten in mich eindrangst, überschlugen sich die verschiedenen Sinneseindrücke und ich spritze erneut, während du mich nahmst.

Du kamst – explosiv und lautstark, wonach wir mitgenommen in inniger Umarmung auf dem nassen Mobiliar zusammensanken.

Als wir zurück an die Theke gingen, um dringend etwas zu trinken zu holen und damit unsere Flüssigkeitsspeicher wieder aufzufüllen, erzähltest du mir, dass wir während unserer Performance viele, sehr viele Zuschauer gehabt hatten. Eine Frau hätte zu dem Zeitpunkt gerne mit mir gespielt, aber ich hatte dir vorher das Versprechen abgenommen, genau das zu verhindern.

Ein Paar kam mit uns ins Gespräch. Wie sich im Laufe der Unterhaltung herausstellte, hatte unser Spiel auf sie total harmonisch gewirkt. Weshalb sie sehr erstaunt waren, als sie erfuhren, dass dies unsere erste gemeinsame Aktivität und damit auch unser erstes gemeinsames Hänge-Bondage gewesen war.

Wir waren uns einig, dass wir dies gerne wiederholen wollten und so gingen wir in dieser Nacht oder an diesem Morgen - je nachdem, wie man das sehen will - jeder wieder seiner Wege.

Wir hatten unsere Telefonnummern ausgetauscht und so blieben wir auch weiterhin in Kontakt. Es war nicht so, dass ich nicht öfter in Berlin gewesen wäre. Aber jedes Mal, wenn ich mich dort befand, passte es bei dir nicht oder ich war nicht alleine in der Stadt. So schrieben wir uns nur, ohne dass wir uns trafen. Ich glaube, du hattest zwischendurch den Eindruck, dass ich kein Interesse mehr hätte.

Ein ganzes Jahr später sollte es endlich einmal wieder klappen. Wir hatten mit etwas Vorlaufzeit einen Termin gefunden, an dem ich definitiv in Berlin war und an dem wir beide Zeit hatten.

In der Zwischenzeit überschlugen sich allerdings die Ereignisse und es wurde turbulent in meinem Leben, weil mein Spielpartner unsere Verbindung nach einem Jahr ziemlich unvermittelt gelöst hatte. Das hatte mich dann doch ganz schön aus der Bahn geworfen.

Ich konnte dir nicht mehr sagen, zu was ich nun überhaupt noch bereit wäre und wofür ich den Kopf frei hätte. Du signalisiertest Verständnis. Das gab mir Sicherheit.

Wie einigten uns darauf, dass es eine gute Idee wäre, erstmal etwas essen zu gehen. Gesagt – getan. Du hattest einen Tisch beim Asiaten bestellt. Um dafür richtig angezogen zu sein, hatte ich im Hotel Halterlose, Stiefel und ein schwarzes Abendkleid mit freien Schultern angezogen.

Du holtest mich netterweise vom Hotel ab und wir speisten – im Stil einer Studentenkneipe. Das tat aber weder unserer persönlichen Stimmung, noch dem Dialog irgendeinen Abbruch. Wir waren scheinbar doch noch flexibel genug *lach*.

Es war noch früh, als wir weiter in eine, mir unbekannte Bar zogen. Du kanntest sie schon. Es gab einen Workshop ,Doktor Pain und die Schlaginstrumente'. Allerdings war dies für uns an diesem Tag irrelevant. Denn zu diesem Zeitpunkt hatte ich einem Hänge-Bondage bereits zugestimmt. Da wir in dem Restaurant sehr nah bei anderen Gästen gesessen hatten, hatten wir uns dort noch nicht darüber unterhalten können, was die ,Dos and Don'ts' dieses Abends waren.

Wir bezogen den hinteren Raum der Bar und ich steckte erneut meine Grenzen ab. Dieses Mal waren sie schon weiter gefasst. Ich fühlte mich wohl bei dir - gut aufgehoben und ‚sicher'.

Du nahmst meine Infos auf und ich sah das archaische Aufblitzen in deinen Augen, als ich mein Okay dazu gab, dass du mich dieses Mal auch von Anfang an bespielen durftest. Ich ahnte nicht, WIE du dies nutzen würdest, während ich macht-, hilf- und wehrlos von der Decke hing *zwinker*.

Ich zog mein Abendkleid aus. Jetzt stand ich vor dir - nur noch in Halterlosen und einem sexy schwarzen Slip. Letzterer sollte jedoch auch noch fallen.

Du verbandest mir die Augen, ich atmete tief durch. Die Seile und deine Arme spannen mich ein. Hände, Brustkorb, Arme, Beine und die Seile, die mich um das Becken hielten. Nackt - nur mit den Stümpfen bekleidet - hing ich offen drapiert vor dir. Mir war bewusst, dass mir jeder zwischen die geöffneten Beine schauen konnte. Mich schauderte. Ich war erregt und feucht.

Der erste Schlag traf mich — überraschend, hart, fordernd. Begleitet von zärtlichen Begutachtungen deiner Hände, die sich auch immer wieder einen Weg zwischen meine Beine bahnten.

Ich fühlte die Kühle des Gleitgels zwischen meinen Beinen. Wieder so ein Kontrast zu meiner warmen Feuchte. Dann drangst du mit deinem Fingern in mich ein, während ich da hing. Verschnürt und dir wehrlos ausgeliefert. Du umfasstest mich und setztest einen Rhythmus an, dem ich mich nicht entziehen konnte. Ich merkte, wie sich alles in mir zusammenzog. Das ging so schnell, dass ich nicht an mich halten konnte. Ich kam. Ich spritzte. Du fandst Gefallen dran, mich zu benutzen und hörtest nicht auf. Du machtest weiter und immer weiter. Irgendwann erwiest du mir ein wenig Gnade und hast von mir abgelassen - aber nur kurzzeitig.

Nur um mich unmittelbar wieder mit deinen Schlaginstrumenten zu behandeln – mich zu benutzen. Ich fühlte, wie du etwas an meiner linken Brust anbrachtest. Es zwickte immer wieder, wie kleine Nadelstiche. Ein Zwicken, zweimal, dreimal, vier-, fünf-, sechsmal. Ich konnte nicht richtig zuordnen, was es war.

Du triebst mich vor dir her und ich verlor mich in dieser Stimmung. Ich wusste nicht mehr, wieviel Zeit vergangen war. Aber ich genoss diese Mischung aus Schmerz und Lust, aus der ich nicht entkommen konnte. Diese Wehrlosigkeit im Zusammenhang mit der Benutzung ließen mich wie in Trance fliegen. Du fragtest mich zwischendurch, ob ich noch hängen könnte und ich wusste, wenn ich ja sagen würde, würdest du auch deine Behandlung weiterführen. Und das war genau das, was ich wollte. Ich lechzte förmlich danach. Ich wollte kein Ende deiner Behandlung: mich abspritzen zu lassen, mich zu züchtigen, dir wehrlos ausgeliefert zu sein. Zwischenzeitlich spürte ich einen sengenden Schmerz. Ich wusste gar nicht, wie mir geschah. Meine linke Brust brannte und ich dachte mir: ‚Was zum Teufel war das?' Ein wahnsinnig exorbitant berauschendes Gefühl von Lust überspülte meinen Körper wie heiße Lava. Dieses Brennen fuhr direkt zwischen meine Beine - wie eine lodernde Flamme.

Irgendwann wollte mein Kreislauf nicht mehr. Du bandest mich los und ich stand auf sehr, sehr wackligen Füßen. Mit verbundenen Augen führtest du mich zu einer Art gepolstertem Tisch, welcher die Höhe deines Schwanzes hatte. Den wollte ich - so sehr.

Ich hing mit meinem Kopf hinten über und du nahmst die Gelegenheit wahr, um ihn für mich auszupacken und mir anzubieten. Da ich immer noch meines Augenlichts beraubt war, schobst du mir deinen Schwanz in den gierig geöffneten Mund. Ich nahm ihn in mich auf. Deine Finger schon wieder zwischen meinen Beinen und wieder in mir - in diesem unnachgiebigen Rhythmus. Ich durfte mich nicht erholen und konnte nicht anders. Ich spritzte schon wieder. Es gab kein Entkommen, auch nicht ungefesselt. Ich war einfach wehrlos und genoss deinen Schwanz die ganze Zeit in meinem Mund - zum Spielen. Ich konnte hören, dass dir dies sichtlichen Genuss bereitete.

Auch hier nahmst du wieder deine Instrumente und garniertest meine Ausbrüche an Nässe mit Schlägen. Es zwickte wieder - an mehreren Stellen und mittlerweile konnte ich mir vorstellen, dass es Wäscheklammern waren, die du anbrachtest. Noch nicht wissend, dass sie an einem Band aufgereiht waren, sodass man sie mit einem Ruck abziehen konnte, was dann diesen überspülenden Lustschmerz verursachte. Ein Nadelrad zur Lustempfindung toppte das Ganze noch weiter.

Du rauntest mir ins Ohr, dass du mich jetzt gerne ficken würdest und ich sagte "Mach doch!" Neckisch, provokativ natürlich.

Dein Eindringen war hart und fordernd, wie das gesamte Spiel. Du kamst explosiv und lautstark.

Später am Tresen waren wir uns einig, dass es nicht unbedingt wieder ein Jahr dauern müsse, bis zur nächsten Spiel- und Hänge-Bondage-Session. Wir hatten es beide sehr genossen und wollten dies deshalb auch gerne schneller wiederholen.

Auch wenn ich selbst Tage später noch echt böse gezeichnet war von den diversen Schlagwerkzeugen.

To be continued... *zwinker*

**Nach der Idee einer Lady:
marylou73 (44) aus Braunschweig**

Alles nur ein Traum?

Was war nur passiert? Ich versuche mich zu erinnern. Das fällt mir jedoch sehr schwer, da mein Schädel brummt.

Gestern Abend hatte ich in der Disco zwei junge Mädels kennengelernt. Beide mit weitausgeschnittenen Blusen und kurzen Röcken bekleidet. Die eine blond, die andere mit schwarzen Haaren. Zwei richtig klasse Mädels und dann?

Tja, da fehlte irgendwas. Wieso liege ich jetzt hier? Nur noch mit einem Slip bekleidet und ans Bett gefesselt? Es ist zwar angenehm warm, trotzdem würde ich gerne wissen, was passiert ist und wie ich hierhergekommen bin.

Ah, da kommt jemand ins Zimmer.

„Na, endlich wach geworden? Wurde ja auch Zeit!" sagt die Schwarzhaarige zu mir und ruft ins Nebenzimmer: „Hey Sarah, unser Opfer ist wach geworden" und kichert dabei.

Ich schaue sie an, inzwischen hat sie außer dem Micro-Tanga nichts mehr an und sieht hinreißend aus. Ihre Brüste sind genauso, wie ich sie mir vorgestellt hatte. Klein, fest und bestimmt sehr griffig. Da kommt auch Sarah herein. Ihre Oberweite ist das krasse Gegenteil: üppig und kaum zu bändigen. Bisher war das nicht unbedingt mein Fall, aber bei ihr hätte ich am liebsten sofort zugegriffen und mit ihren Nippeln gespielt. Sie trägt nur einen um die Hüfte geschlungen Schal und zeigt fast alles, womit sie Männer reizen kann.

Jetzt setzen sich beide auf Höhe meiner Hüfte aufs Bett. Doch ich kann keine von beiden erreichen, da meine Hände und Füße an die Bettpfosten gefesselt sind und ich x-förmig auf dem Bett liege. Ich spüre, wie die beiden anfangen, synchron meine Beine zu streicheln, wobei sie peinlich darauf achten, dass mein Slip ja nicht berührt wird. Dann geht es oberhalb weiter. Ihre Finger wandern über meine Brust, über Hals und Kinn zum Mund und tasten sanft an meinen Lippen entlang. Das ruft schon eine recht große Wölbung in meinem Slip hervor, was den beiden natürlich nicht verborgen bleibt. Sie rücken alles so zurecht, dass die Spitze gerade unterhalb des oberen Randes liegt. Plötzlich hören sie auf und verschwinden einfach. Es ist zum Heulen. Erst machen sie mich heiß und dann tschüss?

Nach kurzer Zeit sind sie wieder da, geben mir etwas zu trinken und erklären mir beiläufig: „Damit du uns die nächsten 12 Stunden nicht verdurstest".

Dann fangen sie erneut an, meinen Körper zu erkunden, wobei dieses Mal der Wölbung im Slip besondere Beachtung geschenkt wird. Kitty, die Schwarzhaarige, wie ich inzwischen mitbekommen habe, widmet sich der Beule im Slip mit dem Mund. Sie knabbert zart daran und massiert gleichzeitig meine Eier. Sarah kniet seitwärts und lässt ihre Brustwarzen auf meiner Brust kreise und nähert sich dabei meinen Mund. Gleich ist sie da und ich kann zuschnappen. Aber denkste! Sie geht wieder zurück und tauscht den Platz mit Kitty.

„Lange halte ich das nicht mehr aus" sage ich, „dann geht alles in den Slip".

Außer einem „So, so" kommt jedoch nichts zurück.

Jetzt spüre ich Kittys Zungenspitze an meinen Brustwarzen, während Sarahs Mund meine Eichel samt Slip umschließt. Ich spüre, wie mein Körper sich aufbäumt. Die beiden lassen ihm jedoch keine Chance und verstärken ihre Bemühungen. Was dazu führt, dass ich mich mit einem großen Schuss in den Slip ergieße.

„Na also, geht doch" kommentiert Kitty und ich spüre wie die beiden mit meinem Sperma spielen und es im Slip verteilen.

Mit einem „das war es fürs Erste" verschwinden die beiden und lassen mich einfach liegen.

Es vergeht einige Zeit und allmählich wird der Druck in meiner Blase recht groß und ich rufe „Kitty, Sarah, ich muss mal pinkeln und das muss ja nicht gerade in eurem Bett sein".

Als ich das „Warte, wir kommen" höre, geht es mir etwas besser.

Tatsächlich sind sie auch relativ schnell zurück, aber jetzt haben beide ein anderes Höschen an. Was soll das denn, denke ich mir und bin gespannt, was weiter passiert.

„So - du darfst" sagt Kitty zu mir.

„Was darf ich?"

„Laufen lassen! Blöde Frage!"

„In den Slip?"

„Logisch!"
„Das geht nicht" gebe ich zurück.

„Dann musst du auch noch nicht richtig" sagt Sarah, gibt mir noch etwas zu trinken und die beiden verschwinden erneut.

Der Druck nimmt immer weiter zu und ich komme zu dem Schluss, dass ich es jetzt wirklich nicht mehr länger hinauszögern kann.

Deshalb rufe ich erneut nach den Mädels und erhalte zur Antwort: „Nur, wenn du es laufen lässt".

Worauf ich nur „Ich werde es versuchen" zurückgebe.

„Ok, wir kommen. Einen Moment noch und wehe du pisst vorher!" ruft Sarah.

Sie lassen sich dieses Mal viel Zeit und ich kann es kaum noch halten, als sie endlich auftauchen. Sarah tastet den Slip ab, aber der ist wirklich nur vom Sperma feucht und sie ist zufrieden.

Kitty stellt sich jetzt breitbeinig über meinen Kopf und deutet auf den nassen Fleck in ihrem Höschen. „So groß darf der Fleck in deinem Slip auch werden, sonst..."

Auf einmal stehen beide über mir und ich kann genau in ihren Schritt schauen. Dort zeigt sich jeweils ein gleichgroßer, nasser Fleck und so soll ich das auch hinbekommen. Der erste Spritzer geht in meinen Slip. ‚Das war mit Sicherheit zu viel' - denke ich. Und richtig, zur Strafe muss ich noch mehr trinken.

Eine kleine Verschnaufpause habe ich gewonnen, lange wird sie vermutlich aber nicht anhalten.

Sarah und Kitty kommen wieder herein und geben mir erneut etwas zu trinken. Damit ich nicht im nassen Bett liegen muss, trinke ich brav alles, was sie mir einflößen. Gleichzeitig zeigen sie mir, dass ihre Flecken im Höschen schon fast trocknen sind und zeigen auf meinen noch recht feuchten Fleck, bevor sie wieder entschwinden.

Allmählich fange ich an, mich zu winden, da es kritisch wird.

Sarah schaut um die Ecke und sieht mich leiden. „Kitty, hier windet sich schon einer" ruft sie nach hinten.

Das will Kitty sich nicht entgehen lassen und schaut ebenfalls herein. Beide kommen ins Zimmer, stellen sich neben das Bett und fangen an, sich gegenseitig zu verwöhnen. Das geht von Zungenküssen über Nippelspiele bis hin zum sanftem Reiben am Höschen. Ich sehe so fasziniert zu, dass ich dabei sogar meinen Pissdrang für einen Moment vergesse. Die beiden geilen sich so sehr auf, dass ich hoffe, mehr von ihnen zu sehen. Aber sie tun mir den Gefallen nicht, sondern verschwinden wieder, bevor sie sich ihrem Höhepunkt hingeben.

Wieder habe ich ein bisschen Zeit gewonnen, aber ich weiß genau, gleich ist Schluss mit meiner Beherrschung und das teile ich den beiden dann auch lautstark mit: „Ich muss gleich pissen!!!!".

Die beiden kommen sofort herein und schauen auf meinen Slip. „Na los, erzähl nicht so viel, piss endlich" sagt Sarah fordernd.

„Dann geht alles ins Bett" gebe ich zurück.

„Wir liegen ja nicht drin" entgegnet Kitty „und nun los!"

Gleichzeitig drückt Sarah auf meine Blase. Das ist zu viel und ich lasse es laufen. Die beiden spielen jetzt mit meinem Schwanz, lassen ihn aber im Slip, der dadurch komplett nass wird.

„Na, du kleines Ferkelchen" grinst Kitty mich an, „kannst du nicht auf Toilette gehen, wenn du mal pinkeln musst?"

Dabei zieht sie meinen Slip ein bisschen herunter und nimmt meinen Schwanz in den Mund. Jetzt presse ich nochmal einen kräftigen Spritzer heraus.

Sie verschluckt sich fast daran, lässt ihn aus dem Mund gleiten und faucht mich an: „Du Schwein, so haben wir nicht gewettet".

Sie zieht meinen Slip wieder hoch und dann verschwinden die beiden wieder tuschelnd im Nebenzimmer.

Hm, habe ich mit Natursekt so falsch gelegen, überlege ich und harre der Dinge, die noch auf mich zukommen werden.

Kaum zurück, legt Sarah ein Tuch über mein Gesicht. Jemand steigt aufs Bett, setzt sich auf meinen nassen Slip und reibt mit ihrem Körper darauf herum. Mein Schwanz beginnt erneut zu zucken, als ich spüre, dass es warm und feucht wird. Eine der beiden pisst meinen Slip voll, der eh schon nichts mehr aufnehmen kann. Deshalb läuft alles an meinem Körper herunter. Sie hebt ihren Körper etwas an und lässt den Strahl meinen Brustkorb hinauf wandern. Ein geiles Gefühl, wenn sich der warme Natursekt über den Körper verteilt.

Als der Strahl versiegt, fragt Kitty: „Na genug?"

Als ich mit „Nein, mehr" antworte, presst sie noch die letzten Tropfen heraus. Ich spüre jeden einzelnen davon auf meinem Bauch und genieße es.

Plötzlich merke ich, dass Sarah ebenfalls aufs Bett steigt, die Füße neben meinen Kopf stellt und das Tuch auf meinem Gesicht nass wird, dann wandert der Strahl abwärts und Kitty verteilt den goldenen Sekt auf meinem Körper.

Die Quelle versiegt viel zu schnell - schade eigentlich. Beide steigen vom Bett, nehmen mir das Tuch vom Gesicht und verschwinden blitzschnell, ohne dass es mir gelungen wäre, noch einen Blick auf sie zu erhaschen. Nun liege ich hier - nach wie vor an das Bett gefesselt und träume von dem gerade Erlebten. Irgendwie spüre ich, wie die Nässe immer kälter wird und frage mich, wie es jetzt weitergeht.

Kitty schaut nochmal ins Zimmer und ich frage sie, ob sie mich allmählich aus meiner Zwangslage befreien könnte. Als sie mit „Gleich" antwortet, bin ich ein bisschen beruhigt.

Tatsächlich kommt Kitty, jetzt im Business-Kostüm, herein und sagt zu mir: „Ich mache dir jetzt eine Hand los und dann verschwinden wir. Dein Auto steht unten direkt vor dem Haus. Danke, dass du mitgespielt hast. Es hat uns wahnsinnig viel Spaß gemacht - wir hoffen dir auch".

Dabei drückt sie mir noch einen Kuss auf die Lippen, schneidet die Fessel an der linken Hand durch und verschwindet.

Bevor ich die zweite Hand frei habe, fällt die Eingangstür ins Schloss. So ein Mist. Es war doch wirklich geil und nun sind sie weg. Endlich habe ich auch die andere Handfessel gelöst und kann auch meine Fußfesseln entfernen. Schnell runter vom Bett, das inzwischen empfindlich kalt geworden ist.

Während ich ins Nebenzimmer gehe, tropft es an mir herunter und ich hinterlasse eine feuchte Spur auf dem gefliesten Boden. Im Nebenzimmer liegt meine komplette Bekleidung, Papiere, Schlüssel, einfach alles, was ich gestern Abend auch hatte. Dann sehe ich die Tür zum Badezimmer und beschließe erstmal zu duschen. Hier liegen sogar frische Badetücher für mich bereit. Als ich damit fertig bin, ziehe ich mich an und schaue mich nochmal in der Wohnung um. Sie scheint des Öfteren für diese feuchten Spielchen genutzt zu werden.

Beim Gehen stelle ich fest, dass ich in einem stinknormalen Mietshaus gelandet bin. Direkt vor der Tür steht – wie versprochen - mein Auto.

Eigentlich kann das alles nur ein Traum gewesen sein!

Kitty and Sarah will return.

Nach der Idee eines Gentlemans: joe water (63) aus Braunschweig

Mr. Sexy himself

Es ist Silvester und ich denke mit einem zufriedenen Lächeln über das sich verabschiedende Jahr nach. Die vergangenen Monate waren durchaus turbulent, aber zum Glück mit einer unerwarteten Wendung ausgestattet gewesen.

Was war es, das dieses Jahr im Rückblick als ein schönes erscheinen ließ? Da gab es eine Entscheidung meinerseits, die maßgeblich dafür verantwortlich war. Ich hatte nochmal intensiv über Jan und mich nachgedacht, wodurch es möglich war, dass wir unsere Pause im August wieder beendet hatten. Manchmal machte ich mir einfach selbst das Leben schwer, ohne dies gleich zu bemerken.

Wir kannten uns nun schon über 4 Jahre. Wobei wir uns 2017 über sechs Monate lang nicht gesehen hatten. Was war passiert?

Natürlich wusste ich schon - bevor wir uns das erste Mal bei Gosch zum Lunch verabredet haben, dass Jan verheiratet war. Eigentlich mein absolutes No-Go.

Trotzdem hatte ich für ihn damals eine Ausnahme gemacht, einfach weil ich seine charmante Art mochte und die, sich tatsächlich nicht nur um Sex drehenden, interessanten, langen und intensiven Gespräche, die wir miteinander führten. Natürlich auch deshalb, weil Jan sehr überzeugend sein konnte, wenn er etwas wollte. Er hatte mich einfach solange überredet, bis ich damals doch zustimmte, mich mit ihm zu treffen.

Ich wollte ihn mir einfach einmal unverbindlich anschauen. Dann konnte ich immer noch entscheiden, wie weit das Ganze gehen sollte oder auch nicht. Hübsche Theorie – in der Praxis war es schon zu spät, als ich ihn über den Parkplatz auf mich zukommen sah. In natura wirkte er tatsächlich gutaussehend – deutlich mehr, als ich dies aufgrund seiner Bilder, die ich bislang von ihm kannte, vermutet hätte. Was nicht nur an seiner Körpergröße, sondern vor allem an seinem Gesicht lag.

Ich weiß noch, dass ich so bei mir dachte: ‚Shit – was mache ich denn jetzt? Der Typ ist einfach der absolute Hammer! Natürlich ist er verheiratet – aber scheiß einfach drauf. Da geht nun wirklich kein Weg dran vorbei.‘

Damit war meine Entscheidung dann auch schon gefallen, bevor wir uns überhaupt begrüßt, in die Augen geschaut, beschnuppert oder auch nur an den Händen berührt hatten. Ich glaube bei Jan hatte das ein bisschen länger gedauert, auch wenn wir uns bei unserem ersten Treffen auf Anhieb verstanden haben und unsere Gespräche auch live genauso anregend und teilweise sehr sexy waren.

Wir saßen in einer Ecke an den Tischen im Freien und die Sonne schien, sodass es für September ziemlich warm war. Am Nachbartisch saßen zwei Handwerker, die uns sehr interessiert zuhörten und ihr eigenes Gespräch irgendwann einstellten, als ich mich mit Jan ganz offen über Sex unterhielt. Das war ziemlich spannend und irgendwie auch spaßig zu beobachten, besonders da die beiden zuvor eher laut gewesen waren. Anderenfalls wäre es mir vermutlich kaum aufgefallen, da ich Jan gegenübersaß, um ihm in die Augen schauen und seine Reaktion beobachten zu können und damit war ich gerade schon ein wenig überfordert, da er mich zunehmend nervös machte.

Wir hatten uns während seiner Mittagspause getroffen, weshalb wir unser Gespräch irgendwann trotzdem unterbrechen mussten, um uns etwas zu essen zu bestellen. Also folgte ich Jan zwischen den Tischen hindurch zum Tresen und bemerkte sehr wohl, dass sich fast alle anwesenden Ladies nach ihm umdrehten, was mich zum Schmunzeln brachte, weil ich ja mit ihm hier war und alle anderen weiblichen Gäste in diesem Moment ganz offensichtlich mehr als gerne mit mir getauscht hätten. Ich - für meinen Teil - konnte beim besten Willen niemand in der Menge entdecken, der auch nur annähernd so attraktiv wirkte, wie dieser Mann, mit dem ich hier war.

Ich hatte eher ein Problem damit, mich auf die Getränke- und Essensauswahl zu konzentrieren. Dann merkte ich plötzlich, dass ich - vor lauter Jan - meine Handtasche an unserem Tisch vergessen hatte. Etwas, das mir normalerweise nie passierte, denn auf die achte ich für gewöhnlich - wie auf meinen Augapfel. Also schnell zurück zum Tisch und sie geholt. Das war zwar irgendwie ziemlich peinlich, aber unumgänglich, denn schließlich wollte die freundliche Dame hinter dem Tresen auch Geld für meine Bestellung. Ich hatte zwar kein Problem damit, meine Rechnung selbst zu bezahlen, fand es aber für ein erstes Date eher ungewöhnlich, dass Jan überhaupt keine Anstalten machte, mich einzuladen. Weshalb ich bis heute glaube, dass er sich da noch nicht entschieden hatte, ob wir beide etwas miteinander anfangen würden oder nicht. Obwohl ich ihn das nie gefragt habe.

Auch wenn ich bezweifle, dass den meisten Männern solche Dinge nach einigen Jahren noch im Gedächtnis geblieben sind. Andererseits ist Jan glücklicherweise nicht wie die meisten gutaussehenden Männer. Was sicherlich auch einen Teil der Faszination ausmacht, die er unverändert auf mich ausübte. Er war nur selten einmal arrogant. Im Gegenteil - er freute sich meist darüber, wenn man ihm ein Kompliment machte und wirkte in solchen Momenten eher etwas verlegen. Zudem war es so, dass Jan nicht einfach wahllos alles vögeln wollte, was nicht bei drei auf den Bäumen war. Natürlich bedeutete dies aber trotzdem nicht, dass er nur mit mir fremdging. Dafür waren die Angebote in den Onlineportalen ja auch definitiv zu verlockend, besonders wenn man selbst - vom äußeren Erscheinungsbild her - dem gängigen Beuteschema der meisten Damen entsprach. Beim Status – falls er ihn auch jetzt ehrlich angegeben hatte - einmal abgesehen. Insofern war es vielleicht auch einfach ein Segen und weniger seine eigene Überzeugung, dass er zu wenig Zeit für viele gleichzeitige Verhältnisse hatte und außerdem verheiratet war.

Vergangenes Jahr jedoch hatte mir genau diese Tatsache aber erst einmal gründlich den Spaß an den Treffen mit Jan verdorben. Ich fand es schwierig, dass wir uns für meinen Geschmack viel zu selten und immer nur dann sehen konnten, wenn ich mich terminlich nach ihm gerichtet hatte. Spontane Verabredungen, einfach weil wir Lust aufeinander hatten, waren einfach nicht machbar. Gleiches galt für Treffen, die nicht zeitlich begrenzt waren. Irgendwie verging die Zeit immer viel zu schnell, wenn er bei mir war und natürlich musste er stets mehr oder weniger dringend nach Hause, wenn er lediglich einmal die Woche Zeit hatte. War er ‚krank‘ oder in Urlaub, fiel auch dieses eine Mal zwangsläufig aus und dabei hasse ich fickfreie Wochen!

Ich vermisste irgendwann die Möglichkeit, mich auf einen Kaffee, zu einem Restaurant-, Kino- oder Clubbesuch mit ihm verabreden oder auch nur seine Stimme hören zu können. Hin und wieder zusammen einzuschlafen und auch wieder gemeinsam aufzuwachen oder den Urlaub miteinander zu verbringen, war natürlich ebenso absolut unmöglich. Also genau die Dinge, weshalb ich eigentlich beschlossen hatte, dass ich mich mit keinem Mann einlassen wollte, der vergeben war. Egal, ob dieser nun in einer normalen oder offenen Beziehung steckte – oder so wie Jan – mit Fangeisen bestückt war.

Ich war irgendwie frustriert und traute mich schon nicht mehr, mich auf unsere Dates zu freuen, weil es immer wieder einmal vorkam, dass Jan sie kurzfristig absagte oder absagen musste – wie immer man dies nun auch betrachten mochte.

Wir haben uns dann ein paar Monate lang nicht getroffen, auch wenn ich seine Nummer nie gelöscht und ihn auch nie blockiert hatte. Dabei habe ich normalerweise keine Probleme, etwas als erledigt zu betrachten und konsequenterweise dann nicht nur die Unterhaltungen, sondern auch alles andere zu löschen.

Ich hatte viel Zeit darüber nachzudenken, was sich seit unserer Anfangszeit verändert hatte. Denn obwohl ich häufig unterwegs war, stellte ich sehr schnell fest, dass es schwierig war, dass ich einen Mann auch nur annähernd so gutaussehend und faszinierend fand, wie Jan. So wirklich interessierte mich nichts aus dem bunten Angebot. Das geht mir übrigens bis heute so, weshalb es auch kein Problem ist, wenn ich alleine mit Freunden ausgehe. Denn selbst in der sexy Atmosphäre eines Swingerclubs läuft in aller Regel nichts herum, was mich auch nur annähernd in Versuchung führen könnte.

Eine sofortige Rückmeldung meiner Muschi kriegte ich fast nur bei Jan. Wobei es ausreichte, dass ich an ihn dachte oder ihn auch nur die Straße entlangkommen sah. Das hatte aber sicherlich auch damit zu tun, dass ich genau wusste, was passieren würde, sobald er da war.

Es waren Treffen wie dieses – vor einigen Tagen – warum für mich an diesem Mann einfach kein Weg vorbeiging.

Ich hatte noch eine gute Stunde Zeit, bis wir verabredet waren. Das Kribbeln in meinem Bauch erinnerte mich schon seit seiner morgendlichen SMS mit Macht daran, dass ich mich jetzt rasieren, duschen und eincremen sollte.

Nachdem dies erledigt war, suchte ich in meinen Körben mit den Dessous nach einem passenden Outfit zu den halterlosen Strümpfen und den hohen Pumps. Ich entschied mich für das schwarze Satinkleidchen mit den bronzefarbenen Körbchen. Es brachte meinen Busen hübsch zur Geltung und ich wusste, dass Jan dies mögen würde.

Was stand noch auf meiner To-Do-Liste? Ich überlegte kurz, denn obwohl dies nun schon ein jahrelang vertrautes Ritual war, brachte mich die Vorfreude auf unsere Dates manchmal doch noch immer etwas aus dem Konzept und es kam durchaus vor, dass ich vergaß, den Kleiderbügel für seinen Mantel herauszuhängen oder das dringend benötigte Handtuch neben meinem Kopfkissen zu deponieren.

Soweit – so gut. Stellte sich nur noch die Frage, womit ich mich an diesem Tag schon einmal ein bisschen in Stimmung bringen wollte? Palmpower oder doch lieber meinen großen, stoßenden Perlenvibrator mit dem hübschen kleinen Schmetterling für die Klit?

Mich vorab schon einmal warmzuspielen, gehörte - neben schöner Wäsche - zu meinen Lieblingsvorbereitungen auf unsere Dates. Ich mochte diese sexy Stimmung, die für mich stets mit beidem verbunden war. Alle Tage, die sich - aus welchem Grund auch immer - für mich sexy anfühlten, waren einfach grandios. Nichts machte mir bessere Laune und brachte mich schon Stunden zuvor und danach zum Dauerlächeln. Das galt besonders dann, wenn ich wusste, dass ich Jan an diesem Tag sehen würde. Für ihn hatte dies den Vorteil, dass er sich nicht die Mühe mit einem aufwändigen Vorspiel machen musste, aber das störte mich nicht.

Natürlich konnte es immer noch passieren, dass seine Besprechungen länger dauerten, wie dies ursprünglich geplant war. Oder er aus anderen Gründen plötzlich verhindert war und dann aus unserer Verabredung nichts wurde. Aber dieses Risiko kannte ich inzwischen und ließ mir davon meine Stimmung nicht mehr vermiesen.

Also drehte ich die Musik schon einmal lauter und tanzte ein bisschen durch die Wohnung, bevor ich es mir auf meiner Couch bequem machte und das Brummen meines Vibrators erklang. Gel oder Spucke brauchte ich nicht, denn ich war schon nass – also einfach rein mit dem brummenden Spaßgerät und das Gefühl der Vibrationen an der Klit und der rotierenden Perlen in meiner Muschi genießen. Ich schloss die Augen, dachte an Jan und seinen großen, harten und so wunderbar passenden Ständer.

Während ich den Vibrator rein und raus bewegte, konnte ich hören, dass dies bereits ein sattes, nasses Geräusch verursachte, was sich glücklicherweise auch immer einstellte, wenn ich stattdessen Jans Schwanz in mir fühlte. Es war aber nicht nur die Größe, die mich dabei so anmachte. Ich glaube, es war vor allem dessen prompte Reaktion auf mich, die ich so mochte.

Dabei spielte es keine Rolle, ob ich darüber streichelte, mit den Lippen daran saugte, oder mit der Zunge daran spielte. Stets zeigte sich dabei sofort der gewünschte Effekt und nur so machte dies auch wirklich richtig Spaß. Das war genau das Feedback, das ich so liebte und weshalb ich von Jan auch nie genug bekam.

Ich wartete ungeduldig auf das Signal meines Handys, dass eine private Nachricht angekommen war. Ich war ein bisschen genervt, wenn es eine meiner Freundinnen und nicht Jan war, der mir schrieb, dass er jetzt zusammenpackte bzw. etwas später, dass er jetzt unterwegs war. Irgendwann aber kam die ersehnte ‚Mach dich schon mal nass'-SMS schließlich doch und ich spielte noch ein paar Minuten weiter mit mir selbst. Dabei blickte ich aber immer wieder auf die Uhr, bis ich feststellte, dass es endlich Zeit war, meinen Vibrator kurz abzuwaschen und meine Position an der Balkontür einzunehmen.

Auch dies gehörte zu meinem Ritual, wenn wir uns trafen. Ich lehnte mit meinen High Heels an der Wand neben der Tür, streichelte mit der Hand über meine harten Nippel und kniff ein wenig hinein. Dazu spannte ich immer wieder kurz die Muskeln meiner Muschi an. Dieses Beckenbodentraining verbesserte die Durchblutung und ich mochte dieses Gefühl. Weil meine Muschi dies auch ganz automatisch machte, wenn ich einen Orgasmus hatte und sie sich dabei so eng wie möglich um Jans Schwanz zusammenzog.

Während ich so dastand und vor mich hinsang, schaute ich durch die Gardinen nach draußen auf die Straße. Ich konnte bis zur Ecke der Hauptstraße sehen und wartete darauf, die große Gestalt von Jan um selbige kommen zu sehen. Wie immer, setzte mein Herzschlag für einen kleinen Moment aus und wurde dann laut pochend, wenn ich ihn sah. Das Klopfen schien sich bis zur Hüfte auszubreiten und widerzuhallen. Das schrie förmlich danach, kurz meinen Mittelfinger in den Mund zu stecken und dann mit dem nassen Finger über meine Klit zu reiben, während ich ihn die Straße hochkommen sah. Ja – ich war richtig nass und konnte mich an ihm einfach nicht sattsehen. Schnell leckte ich meinen Finger wieder ab und schmeckte meine Vorfreude.

Wie viele Frauen, stehe ich auf große, schlanke Männer. Aber Jan war wirklich eine imposante Erscheinung mit seinen 2 Metern. Dem vollen, grauen und modisch geschnittenen Haaren und seinem maßgeschneiderten Anzug. Einfach megasexy! Sein Gang wirkte trotz seiner Größe elegant und federnd. Es gibt Männer, die im Anzug lächerlich und verkleidet wirken. Für Jan schien man Anzüge erfunden zu haben.

Denn trotz der Eleganz, die er darin ausstrahlt, sah man ihm auch in diesem Outfit an, dass er sportlich war. Immer, wenn ich ihn so beobachtete, musste ich lächeln und freute mich darüber, dass er gleich bei mir und nirgendwo sonst klingeln würde. Wobei ich meist schon vor dem Ertönen der Türglocke auf den Summer drückte, um ihn hereinzulassen. Denn ich wollte keine Sekunde unseres Dates verpassen.

Ich stand schräg hinter meiner Wohnungstüre und strahlte ihn an, wenn er durch die Tür trat. Dabei musste ich mich immer beherrschen, ihn nicht an seiner Krawatte oder am Mantelkragen hereinzuziehen. Da er jedoch beim Eintreten den Kopf einziehen musste, um nicht gegen den Türrahmen zu stoßen, war es einfach besser, in dies in seiner Geschwindigkeit tun zu lassen, obwohl mir das tatsächlich schwerfiel.

Schnell schloss ich die Türe hinter ihm und wir küssten uns erst einmal ziemlich ungestüm, bevor er dazu kam, seine Aktentasche abzustellen. Ich steckte die Hände unter seinen Mantel und streichelte über die sich sofort hervorwölbende Stelle zwischen seinen Beinen. Jan schob mit der freien Hand mein Oberteil zur Seite und kniff mich in die Möpse, bevor er seine Finger weiter nach unten gleiten ließ und die Nässe zwischen meinen Beinen erkundete. Er wusste, dass ich stets slipless auf ihn wartete und - selbst, wenn ich wollte – nie trocken war. Seine Finger spielten mit meinem Kitzler und tauchten auch schon mal in mich ein, während unsere Küsse noch wilder und leidenschaftlicher wurden.

Irgendwann kam ich - zwischen zwei Küssen lachend und etwas undeutlich doch dazu: „Hallo Jan" zu brabbeln.

Er lächelte zurück und freute sich darüber, wie nass ich schon wieder war, während ich ungeduldig anfing, die Knöpfe seines Mantels, seinen Gürtel bzw. seine Hose zu öffnen. Unterdessen versuchte Jan, aus seinen Halbschuhe zu schlüpfen und mich gleichzeitig weiter zu küssen. Seine Zunge spielte mit meinen Lippen, meiner Zunge und meinen Nippeln. Zwischendurch durchzuckte mich ein süßer, kleiner Schmerz, wenn das Knabbern an meinen Lippen oder Nippeln ein wenig heftiger ausfiel. Aber genau so liebte ich diese Art der Begrüßung. Denn sie fühlte sich freudig erregt, ungeduldig, dringend, zwingend und extrem sexy an. Zumal sich diese Nervenreizung direkt den Weg zu meiner Muschi bahnte und mich noch nasser werden ließ. Nicht zuletzt auch, weil ich dabei seine gepflegten Finger zwischen meinen Beinen spürte, die mich zwangen, auch ihn noch heißer zu küssen und ihm endlich auch seinen Slip auszuziehen.

Ich schaute ihm zu, wie er nackt an meinem Waschbecken stand und sich für mich kurz frisch machte. Natürlich konnte ich auch dann meine Hände nicht bei mir behalten. Dafür war er einfach definitiv zu sexy. Ich ließ meine Blicke über seinen Körper wandern. Seine langen, schlanken Männerbeine wirkten zwar trainiert, aber nicht aufgepumpt, sondern sahen einfach nur schön definiert aus. Sie gingen in einen sportlichen, runden Po über, den man einfach anfassen und küssen musste. Ein flacher Bauch, eine schmale Taille, ein breiter Oberkörper vor einem lächelnden, markanten Gesicht mit diesen sexy, grauen Haaren, in die man einfach nur hineinfassen wollte. Das Ganze auch noch leicht gebräunt und zumindest an den wichtigsten Stellen gut rasiert – wenn auch nicht überall, wo sich meine Finger oder Zunge gerne aufhielten. Jan hatte keinen Faible für Rosetten, weder was das Spielen an seiner, noch das Eindringen in meine anbelangte – was ich manchmal ein wenig bedauerte. Trotzdem fragte ich mich, wie man allen Ernstes freiwillig auf so ein Prachtexemplar von Schwanz verzichten konnte – ich konnte und wollte das definitiv nicht! Weshalb ich ihn nicht nur in Gedanken, sondern auch beim Tippern mit ihm, sehr oft meinen Mr. Sexy nannte.

Nach dieser, sich absolut perfekt anfühlenden Begrüßung landeten wir prompt in meinem Schlafzimmer. Dazu genügten einige Küsse und ein kleines Zungenspiel auf seinem Schwanz und ich konnte Jan mit einer Hand an seinem Ständer dorthin dirigieren. Zum Glück küsste Jan genauso gerne wie ich und vor allem sehr sexy. Allerdings musste ich das trotzdem viel zu früh unterbrechen, denn als ich dabei über seine nackte Haut strich, landete ich zwangsläufig recht flott wieder bei seinem harten Schwanz. Dabei wollte ich ihn gerne gerade möglichst gleichzeitig auf den Mund und auf den hübschen Ständer küssen. Das kriegte allerdings selbst ich nicht hin.

Zusätzlich wünschte ich mir aber auch noch ein paar mehr Hände, um sowohl seine Eier, als auch den festen Hintern anfassen zu können, die mich sehr deutlich zum Spielen einluden. Jan stand vor mir und ich musste nur den Mund öffnen, um seinen Schwanz erst mit meinen Lippen und dann mit meiner Zunge verwöhnen zu können. Erst langsam und genüsslich über die Spitze und den Eichelrand und dann den Schaft hinunter. Jan war nicht wirklich laut beim Sex, aber ich wusste genau, wie ich ihm ein sexy Stöhnen entlocken konnte. Also spielte ich mit meiner Zunge weiter an seiner Eichel, nahm meine Hände von seinem Schwanz weg und presste lieber seine Pobacken (und damit ihn) ganz nah an mich, bis sein großer, harter Schwanz fast komplett in mir verschwand. Anfangs bestimmte ich die Häufigkeit und Tiefe, dann aber übernahm er alsbald die Führung meines Kopfes mit seinen Händen. Wobei er mir gut zuhörte und genau wusste, wann es tief genug war. Ich mochte seine Reaktion darauf. Ich hörte seinen schneller werdenden Atem und wenn ich hochschaute, trafen sich unsere Blicke und ich musste automatisch lächeln, obwohl ich den Mund gerade ziemlich voll hatte.

Nach diesem hübschen Vorspiel war es Zeit für die Horizontale. Wir küssten uns, während Jans Finger über meine Klit rieben und er mich fingerte. Ich spielte mit meinen Fingern an seinem Schwanz, bis ich einfach nicht mehr länger warten konnte und wollte. Ich musste seinen harten Schwanz jetzt einfach haben – tief in mir und deshalb setzte ich mich einfach drauf.

Jans Finger spielten weiter an meiner Klit, während ich ihn ganz tief in mir spüren konnte. Auch wenn ich dieses Mal beim ersten Eindringen ganz kurz das Gefühl hatte, dass das jetzt doch ein wenig zu viel war, verflüchtigte sich dieser Eindruck schon in der nächsten Sekunde wieder und löste sich – wie immer - in pures Wohlgefühl auf. Wir unterbrachen unsere Küsse nur dafür, dass Jan an meinen harten Nippeln saugen und daran knabbern konnte. Er wusste genau, dass dies meine Fernbedienung war und mich stets noch mehr anmachte.

Das funktionierte mindestens genauso gut, wie ein tiefer Blick in meine Augen, kombiniert mit einem schnelleren Rhythmus seiner Finger oder seines Schwanzes in mir und seiner dabei ausgesprochenen Bitte: „Komm nochmal für mich".

Ich mochte auch diese genau richtig getimten Klapse auf meinen Hintern beim Ficken oder den Zug an meinem seitlichen Pferdeschwanz beim Blowjob. Auch wenn Jan dabei eher etwas zurückhaltend und fast schon vorsichtig war. Wirklich dominant aus Überzeugung wirkte er in diesen Momenten und auch sonst nicht. Allerdings hat das auch so seine Vorteile, wenn man sich gut kennt und man - trotz der eigenen Lust - noch auf den Partner achten kann.

Ich glaube sogar, dass dies der Hauptgrund war, warum ich so gerne mit Jan fickte. Er stellte nie nur sein eigenes Vergnügen in den Vordergrund, sondern beherrschte sich stets solange, bis ich einige Male gekommen war, bevor ich ihn endlich zum Spritzen bringen durfte. Wobei das bei mir auch nicht allzu schwer ist, da ich sehr genau weiß, was ich brauche, um zu kommen und deshalb beispielsweise auch gerne reite. Für den Herrn ist das also auch nicht unbedingt Schwerstarbeit, da es manchmal auch ausreicht, einfach nur unten zu liegen und mich machen zu lassen.

Ich mag keine Männer, denen man erst erklären muss, dass auch sie selbst dann den meisten Spaß haben, wenn sie dafür sorgen, dass ihre Partnerin Spaß hat. Jan wusste das schon immer und das war einfach perfekt.

Er schaffte es ganz locker, mich einfach nochmal ein Stückchen weiter fliegen zu lassen, selbst wenn ich schon glaubte, dass ich wirklich nicht mehr konnte. Ich brauchte nichts zu sagen, sondern ihm nur etwas mehr Platz zu lassen, wenn ich auf seinem Schwanz saß. Jan nahm meine Einladung einfach an. Er wusste genau, dass ich es liebte, wenn er sich fast ganz aus mir zurückzog und dann sehr schnell nur mit seiner Schwanzspitze über meinen G-Punkt rieb. Wobei es ihn zum Glück gar nicht störte, dass er so natürlich sehr nass wurde, weil ich dabei richtig auslief.

Das zog dann auch prompt meine recht laute und dringende Bitte nach sich, mich unbedingt wieder seinen ganzen Schwanz spüren zu lassen: „Fick mich Jan!"

Das Signal für ihn, schneller, tiefer und härter in mich einzudringen. Nachdem ich so schon wieder gekommen war, gab er mir einen kleinen Schubs und wir vögelten eng umschlungen und uns küssend einfach seitlich weiter - ohne, dass wir unser Spiel dazu unterbrechen mussten.

Trotzdem musste ich natürlich irgendwann mit der weißen Fahne winken und ihm sagen, dass ich zwar immer noch weiter mit ihm ficken wollte, aber jetzt beim besten Willen nicht mehr konnte. Dann ließ auch Jan seiner Lust freien, ungebremsten Lauf. Er lächelte mich an und sagte mir, dass sein Schwanz bei mir immer stand und meine Muschi so herrlich nass war. Ich presste mein Becken noch näher an ihn und steckte ihm meine Zunge tief in seinen Mund. Ich spürte das schnelle Stakkato seines Schwanzes in mir und hörte das nasse, klatschende Geräusch, das meine Muschi dazu machte. Auch wenn mir bei diesen Aussagen natürlich bewusst war, dass sie einen Vergleich mit einer anderen Lady darstellten.

Mit Jan war einfach alles easy going und artete nicht in Arbeit aus. Er brauchte kein Viagra, weshalb es auch kein Problem war, dass er spritzte – zumindest bei mir. Das wiederum war etwas, was mir enorm wichtig war. Da es für mich einfach die ultimative Bestätigung dafür war, dass er mit mir Spaß hatte. Weshalb ich es ihm dann auch gerne überließ, sich herauszusuchen, wohin er spritzen wollte. In meinen Mund, auf meine Möpse oder auch einfach in mir.

Er entschied sich für meine Zunge. Ich genoss das Gefühl, zwischen seinen Beinen zu knien. Ich massierte mit einer Hand seinen harten Ständer und griff mit der anderen zwischen seine Beine und strich mit etwas Druck von unten über seine ebenfalls angenehm rasierten Eier. Während ich abwechselnd mit der Zunge und mit meinem Daumen um seine Eichel kreiste und ihm dabei in die Augen schaute. Da war dieser Gesichtsausdruck wieder, den ich so mochte und der fast ein wenig an ein leicht schmerzverzerrtes Gesicht erinnerte, mir aber sagte, er würde gleich spritzen, wenn ich jetzt noch ein bisschen an seinem Schwanz saugte.

Ich liebte seine angespannten Beinmuskeln, die in das Laken gekrallten Hände, Jans Ton dabei - wenn er kurz vor dem Kommen war - und nicht zuletzt das kräftige Zucken, das durch seinen Körper lief, wenn sein Sperma schließlich in etlichen, großen Entladungen heraussprudelte. Ganz besonders, wenn ich es kommen sah, so wie an diesem Tag. Weshalb ich stets auch mehr als ein Spritzvideo von Jan auf meinem Handy bei mir hatte. Für Notfälle sozusagen. Wenn ich mir beispielsweise im Mezzo einen Löffel Milchschaum in den Mund schob, einen Sektkorken schnallen hörte oder an Silvester das Explodieren der Raketen im Nachthimmel beobachtete.

Mein Kopfkino hatte viele solcher Assoziationen, die mich an Jans Schwanz und sein Spritzen erinnerten und wenn es möglich war, dann schaute ich mir bei solchen Sex-Flashbacks - auch an öffentlichen Plätzen - gerne mal eines seiner Videos oder seine Nacktbilder an. So fühlte sich auch ein Tag, an dem wir uns nicht sehen konnten, sexy an für mich. Das beste Mittel für mich, um mich wirklich gut zu fühlen.

Ich hatte noch ein Ale von meinem Geburtstag übrig, dass ich ihm anstatt des ansonsten üblichen Espressos nach dem Sex serviert hatte. Er trank es noch vor dem Duschen und stand dabei praktischerweise natürlich noch nackt im Gang. Also kniete ich mich einfach vor ihn hin und griff mir mein Lieblingsspielzeug nochmal. Natürlich ,nur', um es nochmal ganz sauber zu lecken. Und auch das konnte Jan – er war ziemlich schnell nachgeladen, auch wenn wir nur eine reine Spielzeit von einer guten Stunde hatten. Ich brauchte auch jetzt nur einen relativ kurzen Blowjob, um ihn nochmal zum Spritzen zu bringen. Erst mit den Händen an seinem Schwanz und dann ohne diese – richtig schön tief und genüsslich.

Er beschwerte sich nur halbherzig darüber, dass dies, was ich hier gerade mit ihm und seinem Schwanz veranstaltete, schon ein wenig versaut war.

Jan umfasste meine Handgelenke und der Druck daran verriet mir, dass es genau richtig war. Ich spürte das Anspannen seiner Muskeln am Bauch, wenn meine Nase dagegen stupste und konnte seine geschlossenen Augen sehen, als ich nach oben blickte. Dieses Mal kam er direkt in meinem Mund und ich fühlte sein Sperma, das mit heftigen Stößen gegen meinen Gaumen und in meinen Hals spritzte. Ich musste ein paar Mal schlucken und lächelte dabei, während ich wieder nach oben schaute. Genau so machte mir das Spaß – das war einfach toll!

Mit ihm brauchte ich auch keine akrobatischen Kamasutra-Stellungen oder besondere Rollen- bzw. BDSM-Spiele, um meine Lust zu wecken und dabei voll auf meine Kosten zu kommen. Genau aus diesem Grund hingen auch gleich mehrere Bilder von seinem Schwanz (neben anderen Schwänzen) in meinem ‚Hall of fame'-Bilderrahmen über meinem Bett.

Denn letztendlich hatte sich nicht Jan verändert, sondern ich stellte nach einiger Zeit Erwartungen an ihn, die er gar nicht erfüllen konnte. Zumal ein Kinobesuch oder eine Übernachtung in keinem Fall ein Ersatz für phantastischen Sex waren.

Nicht zuletzt liebte ich auch seine Art von Humor, wenn ich halb ausgezogen und völlig verschwitzt nach etlichen Orgasmen auf ihm saß. Mit zerzaustem Pferdeschwanz, zerlaufener Mascara, aber einem glücklichen Lächeln im Gesicht und ziemlich außer Atem sagte ich zu ihm, dass ich es liebte, mit ihm und seinem harten, dicken Schwanz zu ficken.

Er grinste mich nur äußerst zufrieden an und meinte: „Ein kleiner Schwanz würde an einem großen Mann ja auch lächerlich aussehen".

Weshalb ich wirklich froh war, dass auch Mr. Sexy himself meine Nummer nicht blockiert hatte. So waren auch die Aussichten für 2018 durchaus mehr als verlockend. Happy New Year Jan!

Mit wem auch immer du inzwischen durch die Betten turnst ;-)

Nach der Idee einer Lady:
K.D. Michaelis (53) aus Hannover

Das Computerproblem

Es war Hochsommer und so richtig heiß, weshalb die PCs Schwierigkeiten machten, weil sie die Hitze nicht vertrugen. Alles naselang fielen sie aus. Und schon wieder ging ein Hilferuf bei mir ein, weil ein PC nicht das tat, was er sollte. Also auf in die Personalabteilung und den störrischen PC gesucht.

Eine hübsche Dame mit langem, blonden Haar und blauen Augen saß davor.

Sie lächelte mich bezaubernd an und sagte: "Da sind sie ja. Würden sie mir bitte helfen? Ich muss dringend etwas fertigstellen und ausgerechnet jetzt streikt das blöde Ding!"

Als sie ihren Kopf etwas schräg neigte und sich auf ihre Unterlippe biss, wurde mir sofort warm.

Ich schaute sie von oben bis unten an und mein kleiner Freund regte sich bereits.

Eine enge Bluse, halb aufgeknöpft, ein enger Rock, nicht ganz knielang und hohe Schuhe. Wow - ein Traum.

Ich stammelte: "Ja - natürlich. Ich schau erstmal, ob der Lüfter noch läuft".

Schweiß bildete sich auf meiner Stirn. Allerdings war ich mir sicher, dass dies nicht an den sommerlichen Temperaturen lag, sondern vielmehr an meiner eigenen, inneren Hitze. Sie lächelte mich an und ich lächelte zurück. Mit einem eleganten Schwung rollte sie auf dem Bürostuhl zurück und ich konnte an den PC unter ihrem Schreibtisch.

Als ich da so lag, bemerkte ich, dass sie noch immer dort saß. Sie schwang mit dem Stuhl langsam von links nach rechts, als wolle sie, dass ich hinsehe. Vorsichtig riskierte ich einen Blick. Was ich sah, verschlug mir fast den Atem.

Sie spreizte ihre Knie leicht und gewährte mir einen Einblick zwischen ihre schönen Beine. Ich sah ihre halterlosen Stümpfe und dass sie nichts weiter darunter trug.

BÄM!
Ich stieß mit dem Kopf unter die Tischplatte.
Sie lachte kurz.

Ich rieb mir den Kopf und sie sagte: "Oh - du Armer. Es tut mir leid. Warte, ich mache es wieder gut."
Was darauf folgte, war die geilste halbe Stunde meines kompletten Arbeitslebens.

Sie schob ihren kurzen Rock hoch und legte ein Bein über die Armlehne. Ihre blanke Muschi glänzte bereits und sie strich langsam mit ihren Fingern drüber. Ich traute meinen Augen nicht, mein Herz blieb einen Moment lang stehen und mein kleiner Freund machte Freudensprünge. Der Schmerz am Kopf war sofort vergessen.

Sie hauchte kurz: „Keine Sorge, es wird niemand hereinkommen."

Ich lehnte mich langsam vor und berührte vorsichtig mit der Hand ihr Knie. Sie fasste mir hinter den Kopf und zog ihn bestimmend an ihre warme, nasse Spalte. Leicht geschockt und aufgeregt begann ich sofort, ihre nassen Schamlippen zu lecken. Sie bewegte lustvoll ihr Becken, damit ich sie auch wirklich überall verwöhnen konnte. Meine Zunge umspielte ihren geschwollenen Kitzler und den Eingang zu ihrem Lustzentrum. Sie nahm meine Hand und saugte an meinem Zeige- und Mittelfinger, schob meine Hand an ihre Muschi und führte sich meine beiden Finger langsam ein. Kaum waren sie in ihr, beugte ich die Finger nach oben und ein kleiner Schwall ihres geilen Saftes schoss über den Bürostuhl.

Ich war bereits so erregt, dass meine Hose zu platzen drohte. Daher öffnete ich sie mit der freien Hand. Mein harter Schwanz sprang förmlich heraus und wartete prall gefüllt auf seinen Einsatz. Ich ließ die Dame noch einmal aufjauchzen, wodurch der Stuhl nun endgültig komplett nass wurde, dann stand ich auf. Sie lächelte verschmitzt und biss sich erneut auf ihre Unterlippe, als sie meinen Schwanz sah.

Sie schob mich beiseite und legte sich vornüber auf den Schreibtisch. Sie spreizte die Beine und gewährte mir einen tiefen Einblick. Alles glänzte vor Nässe an ihr.

„Los, fick mich!", sagte sie in einem Ton, der keine Widerworte gelten ließ.

Ich tat, wie mir geheißen und schob ihr meinen dicken Freudenspender in ihre tropfnasse Muschi. Ich stieß ein paar Mal heftig zu und sie krallte sich am Tisch fest. Dann machte ich etwas langsamer, damit es nicht zu schnell ging.

Aber sie bewegte sich weiter und sagte wild: „Los, weiter. Komm!"

Also fickte ich sie weiter hart und schnell. Es klatschte immer schneller - ein tolles Stakkato unserer Lenden. Ihr Saft lief an ihren Beinen herunter und das Klatschen wurde lauter.

Ich begann schwerer zu atmen, da drehte sie ihren Kopf und sagte: „Bleib drin!"

Ein warmes Gefühl stieg in mir auf und mein Blut geriet in höchste Wallung. Mein Schwanz wurde noch heißer und er begann zu zucken. Sie bäumte sich auf und stöhnte einmal lang, während sich mein Saft in sie ergoss. Meine Beine zitterten vor Erregung.

Vor der Bürotür wurde es plötzlich laut. Man hörte Menschen den Gang entlanglaufen und Stimmengewirr.

„Scheiße", stieß sie kurz hervor und sprang auf. Ich erschrak und schaute sie entgeistert an.

„Ich habe das Personalmeeting vergessen. LOS!"

Ich verstand sofort. Hastig zog ich mich an und wir richteten unsere Kleidung, so gut es eben ging. Wir schoben alles auf dem Schreibtisch an seinen Platz und ich hechtete auf die andere Seite. Kurz darauf ging die Tür auf und 5 Personen betraten den Raum.

„Da sind sie ja schon", sprach sie in lautem, gefasstem Ton ihre Kollegen an.

„Wir sind hier auch fertig. Danke."

Sie bedeutete mir, den Raum zu verlassen. Ich verabschiedete mich höflich und ging.

Dies war einer meiner besten Arbeitstage.

Nach der Idee eines Gentlemans:
Alex (41) aus Hannover

Tödliche Männergrippe

Diesmal hatte es meinen Adonis besonders schlimm erwischt. Er plagte sich bereits seit Wochen mit einem hartnäckigen Husten herum, der einfach nicht verschwinden wollte. Die Erkältung dauerte die üblichen zwei Wochen. Der Hustenreiz hielt sich jedoch bereits seit mehr als vier Wochen hartnäckig.

Ich hatte mit Engelszungen auf ihn eingeredet, Lindenblütentee zu trinken oder zu inhalieren. Aber – wie die meisten Männer – fand er das alles albern oder irgendwie unmännlich – vermute ich zumindest. Auf alle Fälle war er weder mit Geld, noch mit guten Worten dazu zu bewegen, etwas Vernünftiges gegen diesen Dauerhustenreiz zu unternehmen.

Also war es Zeit für ungewöhnliche und unvernünftige Maßnahmen – mein Spezialgebiet. Schließlich bin ich nicht umsonst ein Spielkind, das viele lustige und meist auch ziemlich sexy Ideen hat ;-)

Da lag er, wie das ‚Leiden Christi in Schmalz gebacken' auf dem Sofa herum. Er war unter eine leichte Decke geschlüpft und tat sich selber leid, weil er noch immer krank war. Da seine Aufmerksamkeit gerade von der neuesten Casting-Show für mehr oder weniger talentierte Sänger gefesselt war, würde es ihm sicher nicht weiter auffallen, wenn ich kurz für fünf Minuten verschwände. Ich schlich mich also hoch in den ersten Stock und suchte in meiner Spielzeugkiste nach meinem Krankenschwestern-Häubchen. Ich band meine langen blonden Haare zu einem Pferdeschwanz zusammen und befestigte das Häubchen mittels drei Haarclipsen darauf. Dann kramte ich weiter nach den restlichen, noch fehlenden Utensilien.

Zuerst die weiße, spitzenbesetzte Korsage mit den Strumpfhaltern, dann den dazu passenden, seidigen String, nebst weißen Strümpfen mit breitem Spitzenabschluss. Darüber den kurzen, weißen Schwesternkittel aus Baumwolle, der auf der Brust mit einem roten Kreuz bestickt und ansonsten nur mittels Druckknöpfen verschlossen war. Unten kuckte noch ein Stückchen nackte Haut zwischen dem Kittel und den Strümpfen heraus. Jetzt fehlten nur noch die hochhackigen Pumps und etwas knallroter, glänzender Lippenstift, pechschwarze Wimperntusche für einen verführerischen Augenaufschlag und mein Lieblingsduft. Fertig war die perfekte Krankenschwester.

Ich klemmte mir meinen Palmpower Vibrator und den Plastik-Inhalator nebst Bronchialsalbe unter den Arm, stellte den Wasserkocher in der Küche an und brachte anschließend alles ins Wohnzimmer.

Meine bessere Hälfte staunte nicht schlecht, als er mich in dem Aufzug und mit dem Inhalator bewaffnet, mit schwingenden Hüften durch die Tür kommen sah. Ich ging bewusst langsam, um ihm Gelegenheit zu geben, sich mit der neuen, überraschenden Situation anzufreunden. Ich öffnete langsam alle unteren Druckknöpfe meines Schwesternkittels und natürlich auch den obersten, sodass er so weit offenstand und ihm die hübsch verpackten Titten praktisch entgegensprangen. Mit einem Schmunzeln im Gesicht sah ich, wie seine Decke anfing, ein kleines Zelt zu bilden. Da war ich mir sicher, dass meine Idee gut war und Stufe 2 des Genesungsplans eingeläutet werden konnte.

Ich erklärte kurz, was ich vorhatte und wir schlossen einen Deal. Der Patient würde brav mindestens 10 Minuten inhalieren und sich dabei ganz den

fachkundigen Händen der freundlichen Krankenschwester hingeben.

Ich zog ihn also erst einmal ganz langsam
vollständig aus, drehte ihn anschließend auf die Seite,
zog den Tisch heran und drückte ihm die Maske des
Inhalators auf Mund und Nase. Nun noch die Halte-
gummis um den Kopf gestülpt und kontrolliert, ob
auch alles richtig saß. Noch schnell den Palmpower in
die Mehrfachsteckdose neben der Couch gesteckt,
allerdings ohne ihn anzuschalten.

Ich kniete mich neben den Tisch und hatte so
den Kopf auf Höhe seiner Hüfte. Ich streichelte sanft
seinen Brustkorb, den Bauch, die Oberschenkel und
machte mich erst dann auf in Richtung seiner Kron-
juwelen auf. Die Ganzkörper-Spezialmassage der
Schwester zeigte deutliche Wirkung und so hatte meine Zunge viel mehr Spielplatz für feuchte Küsse, wie
noch wenige Minuten zuvor. Ich ließ sie seine emp-
findliche Eichel umkreisen und zog damit eine feuchte
Spur an der Vorderseite seines Schaftes nach unten.

Ich konnte fühlen, wie die feinen Adern an der
Außerseite anschwollen und sich der Durchmesser
deutlich vergrößerte. Zeit den Druck etwas zu erhöhen
und die Finger zur Hilfe zu nehmen, die sich jetzt eng
um seinen Schwanz schlossen. Da mein Mund nun
freie Bahn hatte, bedeckte ich seine Pobacken mit
Küssen und biss spielerisch ganz leicht hinein. Meine
Lippen wanderten über die empfindlichen Stellen an
seinen Hüftknochen und ich konnte spüren, wie leichte Schauer über seinen Körper jagten und sich die
feinen Härchen auf seinem Bauch aufstellten.

Ich nahm die Finger von seinem Schwanz und
ließ ihn ganz tief in meinen Mund gleiten, erst langsam und sanft, dann schneller und fordernder. Mein

Mund bildete ein kleines Vakuum, wodurch er automatisch tiefer in mich hineingezogen wurde und er einen noch intensiveren Druck auf seinem besten Stück verspürte.

Nachdem ich mit dem Ergebnis zufrieden war, richtete ich mich auf und schnappte mir meinen Palmpower. Dicht vor seinem Gesicht stellte ich ein Bein auf die Couch und den Vibrator an. Noch schnell etwas Spucke auf die Finger und kurz auf meiner Klit verteilt und der Spaß konnte losgehen.

Er saß in der ersten Reihe dieses privaten Pornos und blickte genau zwischen meine Beine, die nur wenige Zentimeter vor ihm feucht schimmerten.

Ein Druck auf den Einschaltknopf und ein paar weitere, um die Intensität zu erhöhen und mein Vibrator begann leise und erwartungsfroh zu brummen. Ich platzierte die Spitze auf meiner Klit und schloss für einen Moment die Augen, um mich ganz auf die durch meinen Körper zuckenden Wellen konzentrieren zu können. Dann öffnete ich sie wieder und streichelte mit der freien Hand über meine Titten. Der eigentlich überflüssige, dritte Haarclip wanderte sodann von meinem Kopf zu meinem Nippel und sorgte dort für ein prickelndes Kneifen, während ich ihm in die Augen sah.

„Du bist so hübsch verrückt und die beste Krankenschwester, die man sich nur vorstellen kann" kam es etwas unverständlich aus der Atemmaske.

Ich lachte, „So gefällst du mir schon besser".

Er machte Anstalten sich hochzurappeln, doch so hatten wir nicht gewettet. Ich stellte meinen hohen

Absatz auf seinen Bauch und drückte ihn so sanft wieder in die Horizontale zurück.

„Du kannst gerne deinen Schwanz wichsen, während du mir zuschaust, aber nicht mehr. Schließlich bist du krank und brauchst Bettruhe. Du bleibst schön liegen!"

„Das ist unfair!" schimpfte er gespielt in seine Maske. Doch seine Augen sagten etwas anderes.

Du kommst gleich dran – also gedulde dich noch ein bisschen und genieß die Show!"

Kommentierte ich dies mit einem kecken Lächeln und ließ meinen Vibrator bewusst langsam zu meiner Muschi nach unten wandern. Nur um ihn dann immer wieder schnell in die inzwischen entstandene Nässe kurz einzutauchen und ihn mit den dabei entstehenden Geräuschen noch ein bisschen mehr zu triggern.

Er verfolgte meine Bemühungen gebannt und ich war mir sicher, dass er inzwischen gar nicht mehr darüber nachdachte, dass er gerade seine ungeliebte Inhalationsmaske trug. Ich wechselte noch ein paar Mal zwischen der Massage der Klit und dem Eingang meiner Muschi. Dabei bewegte ich mein Becken aufreizend immer ein bisschen auf und ab, wodurch sich die Schwingungen intensivierten. Trotzdem dauerte es so natürlich deutlich länger als üblich, bis ich schließlich kam, denn zwischendurch musste ich ihn immer genau im Auge behalten, damit er auch wirklich liegen blieb. Das hatte aber den Vorteil, dass er brav länger und tiefer als üblich inhalierte.

Trotzdem machte es mich auch an, dass nicht nur er mir beim Wichsen zuschauen konnte, sondern ich ihm natürlich auch. Ganz offensichtlich machte ihm diese Kombination ebenfalls Spaß, denn anderenfalls wäre sein Schwanz nicht so hübsch stehengeblieben, wie er dies tat. Eine bessere und ehrlichere Bestätigung für mich gab es schließlich nicht.

Als meine eigene Lust gestillt war, kniete ich mich wieder zu ihm hinunter und verteilte nun auf seinem Damm etwas von meiner Nässe, um dann ihn und seine Eier mit dem Palmpower zu verwöhnen. Er spreizte bereitwillig seine Beine, damit ich freie Bahn hatte. Dazu leckte und saugte ich solange an seinem harten Ständer, bis ich auch noch den letzten Tropfen Sperma abgepumpt hatte.

Den ersten Schwall schluckte ich, den Rest ließ ich langsam, von meinen geöffneten Lippen, zurück auf seinen Ständer laufen. Ich musste ihm dabei gar nicht extra in die Augen schauen, um zu wissen, dass er dies liebte.

Manche Leute stehen ja auf die Verwendung von Gasmasken beim Sex. Unser Fall war das überhaupt nicht. Allerdings kann auch ein ganz normaler Inhalator sehr ulkige Geräusche beim Sex verursachen und zu einer Verknappung der Luftzufuhr beim Orgasmus und somit zu einem intensiveren Erleben desselben führen! Wobei mir sein heftiges Abspritzen - ehrlich gesagt - deutlich besser gefallen hat, wie seine - dann doch sehr ungewohnt klingenden - Töne beim Kommen. Das ging ihm wohl ähnlich, denn kurz bevor er spritzte, riss er sich dann noch schnell die Atemmaske vom Gesicht.

Ganz nebenbei war diese Behandlung trotzdem sicherlich eine der angenehmsten, die man bei Erkältung durchführen kann und geschadet hat sie dem Patienten auch absolut nicht. Ich würde sogar behaupten, sie hat etwas genützt und seine Abneigung gegen das Inhalieren ein für alle Mal in Luft aufgelöst.

Nach der Idee einer Lady:
K.D. Michaelis (53) aus Hannover

Ein Tag am See

Es war ein schöner, sonniger Juli-Tag. Du warst mit deiner Freundin zum Picknick verabredet. Ihr wolltet euch im Café an der Ecke treffen, um gemeinsam an den umzäunten Baggersee zu fahren, zu dem nur du den Schlüssel hattest.

Es war alles vorbereitet: eine weiche Decke, frisch geschnittenes Obst und ein paar Kissen zum Sitzen. Gut gelaunt und nur mit einem kurzen Rock und einem engen, kurzärmliges Top bekleidet, nahmst du den warmen Sommerwind wahr, der sanft um deine Beine wehte. Da du ein wenig vor der Zeit am Café warst, hattest du dich spontan dazu entschlossen, einen Tee zu trinken und vielleicht ein wenig zu flirten. Der junge Mann mit den strahlenden Augen, der dich schon die ganze Zeit verstohlen anblickte, war dir nicht entgangen. Doch bevor du deine Gedanken schweifen lassen konntest, riss dich die Vibration deines Handys zurück in die Realität. Es war deine Freundin Mel. Sie schaffte es heute nicht. Der Chef hatte ihr noch zusätzliche Arbeit aufgedrückt, die bis zum nächsten Morgen fertig sein musste.

‚Verdammt, dabei hatte der Nachmittag doch so gut angefangen und er war auch schon alles vorbereitet... Wer soll das bloß alles essen?'

Während dir zig Gedanken durch den Kopf schossen, schweifte dein Blick wieder über den jungen Mann, der sich gerade daran machte, zu zahlen und das Café zu verlassen. Warum nicht, dachtest du dir. Du sprangst auf, gingst zu ihm hinüber und legtest ihm einfach deine Hand auf die Schulter. Ein wenig überrascht schaute er dich an. Noch bevor er sich von dem kleinen Schreck erholen konnte, hattest du beim Kellner schon deinen Tee bezahlt und gingst zwei Schritte auf die Straße. Ein wenig verwirrt blickend - aber mit einem verschmitzten Lächeln auf den Lippen - folgte er dir und blieb fragenden Blickes vor dir stehen.

Wie seine Augen so auf dir ruhten, fühltest du dich ein wenig unbehaglich. Dann aber nahmst du allen Mut zusammen und es sprudelte nur so aus dir heraus: „Ich habe bemerkt, wie du mich angeschaut hast und ich finde dich ebenfalls sehr sympathisch. Da meine Freundin eigentlich mit mir picknicken wollte, jetzt aber doch arbeiten muss, wollte ich dich fragen, ob du nicht zusammen mit mir an den Baggersee möchtest? Ich habe alles dabei, was man braucht und würde gerne das tolle Wetter genießen und dich dabei ein wenig näher kennenlernen".

Du konntest deine eigenen Worte kaum glauben und spürtest, wie dir die Röte ins Gesicht stieg. Die Sekunden, die er brauchte, um die erste Überraschung zu überwinden, kamen dir wie eine Ewigkeit vor.

Ein sanftes Lächeln zeichnete sich auf seinem Gesicht ab. „Warum nicht", sagt er, „Du musst mir nur sagen, wo wir hinfahren sollen".

Zusammen stiegt ihr in sein Cabrio, das nur wenige Meter neben dem Café parkte und machtet euch auf den Weg.

Unterwegs kreiste die Unterhaltung ein wenig um dies und das - Smalltalk vom Feinsten. Er hieß Mark und war beruflich nur diesen einen Tag in der Stadt. Eigentlich hatte er nur noch einen Tee im Café trinken wollen, bevor er sich auf den Heimweg gemacht hätte. Aber da ihn dort niemand erwartete, konnte er den Tag ja auch mit einer attraktiven Frau verbringen. Nach kurzer Zeit kamt ihr an eurem Zielort an. Du gabst ihm zu verstehen, dass er den Feldweg nehmen sollte und nach wenigen Metern brachte er den Wagen vor einem verschlossenen Tor zum Stehen.

„Sind wir hier richtig?" fragte er dich etwas unsicher.

Lächelnd zücktest du den Schlüssel und liest ihn vor seinen Augen ein wenig hin und her baumeln. Du stiegst aus, während er die Sachen aus dem Auto holte. Gemeinsam gingt ihr durch das Tor und habt es ordnungsgemäß hinter euch wieder geschlossen. Nach wenigen Metern kam der kristallklare Baggersee in Sicht und ihr suchtet euch ein schattiges Plätzchen, um die Decke auszubreiten, die Kissen bequem zu drapieren und das Essen bereitzustellen.

Es folgte eine kleine Plauderei, bei der ihr euch über eure Berufe ausgetauscht und ein paar Anekdoten aus der Jugendzeit erzählt habt, die man damals so an Baggerseen erleben konnte. Deine Augen klebten bei jedem Wort, dass er sagte, förmlich an seinen Lippen. Jedes Mal, wenn er sich etwas zu essen nahm und eine der saftigen Erdbeeren in seinen Mund steckte, spürtest du einen wohligen Schauer über deinen Rücken laufen. Gedankenverloren lauschtest du ihm und hast deiner Phantasie dabei einfach freien Lauf gelassen.

„Du hast gekleckert" riss dich seine Stimme aus deinen Tagträumen.

Erschrocken blickstet du ihn an. „Wie bitte?".

„Hier, auf deinem Bein" sagte er und tippte dir mit dem Zeigefinger leicht auf die Innenseite deines Oberschenkels.

Als seine Finger dich berührten, zuckte es einmal kurz durch deinen Körper. ‚Was für ein Gefühl', dachtest du dir. Diese weichen, gepflegten Hände auf deiner Haut. Ein weiterer Schauer durchzuckte dich. Du spürtest, wie dich eine gewisse Lust befiel.

„Das ist nur Erdbeersaft", sagtest du neckisch, striffst mit dem Finger darüber und hast ihm diesen direkt vor den Mund gehalten.

Ohne mit der Wimper zu zucken, neigte er seinen Kopf nach vorne und seine Zunge leckte sanft über deine Fingerkuppe, um diese vom Erdbeersaft zu befreien. Als seine Zungenspitze deinen Finger berührte, zuckt dieses Kribbeln wieder durch deinen Körper. Das nächste, was du bewusst wahrgenommen hast war, wie deine Lippen sich auf seine legten, um ihn zu küssen.

Langsam seid ihr gemeinsam auf die Decke gesunken und begannt euch leidenschaftlicher zu küssen. Du merktest dabei, wie deine Lust immer größer wurde. Die letzten gemeinsamen Stunden mit einem Mann waren schon eine Weile her. Während ihr euch weiter geküsst habt, glitt seine Hand langsam auf der Innenseite deines Beines nach oben und schob dabei deinen Rock noch ein wenig weiter hoch. Als seine Hand in deinem Schoß angekommen war und deine Muschi berührte, stöhntest du leise auf und zucktest kurz zusammen. Aus dem Augenwinkel konntest du sehen, wie bei deinem Aufstöhnen ein leichtest Grinsen über sein Gesicht huschte.

Sanft drückte er dich auf die Decke und drehte dich auf den Rücken. Seine Küsse wanderten von deinen Lippen über deinen Hals zum Dekolleté. Ein wohliger Schauer nach dem anderen durchflutete deinen Körper. Seine Hände begannen deine Bluse zu öffnen. Da du heute aufgrund der Wärme auf einen BH verzichtet hattest, lagen deine Brüste mit ihren erigierten Nippeln wie auf dem Präsentierteller vor ihm. Du spürtest wieder diese wohlige Röte in deinem Gesicht, als seine Küsse sich weiter ihren Weg über dein Brustbein suchten.

Während seine Zunge deine harten Nippel umspielte, glitt seine Hand in dein Höschen. Seine weichen Finger auf deiner feuchten Muschi fühlten sich so gut an. Noch lag die Hand nur auf deinem rasierten Venushügel, aber du wünschtest dir nichts sehnlicher, als seine starken Finger in deiner Muschi zu spüren. Um ihm das zu signalisieren, hobst du dein Becken und recktest ihm deine feuchte Muschi förmlich entgegen. Er verstand das Signal und seine Hand streifte dein Höschen ab. So lagst du schließlich mit geöffneter Bluse und ohne Slip auf der warmen Decke und freutest dich auf das, was noch kommen würde.

Als könnte er Gedanken lesen, wanderten seine Küsse weiter deinen Körper hinab. An deinem Bauchnabel vorbei und endeten mit einem Kuss auf deinem Venushügel, den du mit einem lustvollen Zucken und Stöhnen quittiertest.

„Weiter" stöhntest du und recktest dein Becken nach oben.

Er ließ sich nicht zweimal bitten und mit Daumen und Zeigefinger öffnete er deine Schamlippen und stupste mit seiner Zungenspitze einmal kurz deinen Kitzler an. Wie ein Blitz durchzuckte es dein

Becken und ein Kribbeln durchfuhr deinen Körper. Ein weiteres, lauteres Stöhnen folgte, als seine sanften Lippen sich um deinen Kitzler schlossen und begannen, an ihm zu saugen. Nur wenige Sekunden später krampften sich deine Finger in die Decke. Mit einem kräftigen Zucken durchströmte der erste Orgasmus deinen Körper.

Sichtlich erregt durch dein Aufstöhnen, begann er, mit einem Finger in dich einzudringen. Dadurch, dass du so feucht warst, gelang ihm dies ohne Probleme. Dann konntest du seinen starken Finger in dir spüren, während sein Daumen auf deinem Kitzler kreiste und seine Zunge deine Knospen umspielte. Von einer Welle der Lust getragen, kamst du schon wenige Augenblicke später zum nächsten Höhepunkt.

Noch während du den zweiten Orgasmus genossen hast, spürtest du, wie ein weiterer Finger in deine Muschi gesteckt wurde. Dadurch intensivierte sich das Gefühl in deinem Inneren noch ein wenig mehr, als dies sowieso schon der Fall war. Mittlerweile waren alle deine Hemmungen verflogen. Laut stöhntest du mit jedem Stoß der Finger auf und der Daumen auf deinem Kitzler tat sein Übriges, um dich zum nächsten Orgasmus zu bringen.

„Finger mich härter" brach es aus dir heraus.

Vor dir selbst erschrocken, spürtest du aber schon im nächsten Augenblick, wie er dir deinen Wunsch zu erfüllen versuchte. Ein weiterer Finger drang in dich ein. Deine Muschi war nun gut ausgefüllt und seine Lippen saugten wieder lustvoll an deinem Kitzler. Seine andere Hand hatte sich in deinen Hintern verkrallt und drückte deine Hüfte immer wieder in seine Richtung. Mit einem Finger reizte er dabei deinen G-Punkt, bis ein fast an Besinnungslosigkeit grenzender Orgasmus deinen Körper durchströmte. Mit einem gewaltigen Zucken und Stöhnen kamst du ein weiteres Mal und diesmal schien der Höhepunkt nicht enden zu wollen. Du spürtest, dass deine Muschi vor Nässe richtig triefte. ‚War dies einer dieser sagenumwobenen, multiplen Orgasmen?' Letztendlich war es dir egal und du hast einfach nur dieses geile Gefühl ausgekostet.

Als du deine Augen wieder aufschlugst, war die Sonne bereits dabei unterzugehen. Mark lag an deiner Seite und hatte deinen Rock wieder ein wenig in Form gezogen und deine Brüste bedeckt.

Mit einem Lächeln strich er dir eine Haarsträhne aus dem Gesicht und flüsterte leise: „Wenn ich gewusst hätte, wie viel Spaß allein aus dem Konsum einer Tasse Tee entspringen kann, dann wäre ich wahrscheinlich schon seit Jahren Teetrinker. Allerdings wusste ich bis heute auch noch nicht, wieviel Spaß es mir bereiten kann, wenn mir eine Frau ihre Lust so eindeutig zeigt, wie du das gerade getan hast".

Nach der Idee eines Gentlemans:
Paul Logen (41) aus Hannover

Schlusswort

Sex ist am schönsten, wenn er in Kombination mit Liebe stattfindet. Nur dann fühlt er sich wirklich erfüllend, tief und intensiv an.

Allerdings auch nur dann, wenn dies auch wirklich auf Gegenseitigkeit beruht. Also haltet sie fest und kämpft darum, wenn ihr sie gefunden habt!

Eure Karina

Wir schreiben uns,
weil wir nicht zusammen sein können.
Du bist dort, ich bin hier.
Unsere Sehnsucht wird durch das Chatten
nur minimal gelindert.
Das Handy läuft heiß,
der Daumen rast über das Display.
Nur um zu schreiben, was wir längst wissen.
Er schreibt ein: "Ich liebe dich".
Und schnell kommt die Antwort.
"Ich dich auch. Wäre schön, wenn du jetzt hier wärst."

Wir tippen uns den ganzen Tag die Finger wund,
schicken Bilder und
warten ungeduldig auf eine Antwort.
Doch wenn es Nacht wird,
dann ist es am schlimmsten.
Denn dann müssen wir Abschiednehmen.
Die Trennung fällt schwer.

Wie am Ende eines Urlaubs,
beim Abschied von Menschen,
die wir dort kennengelernt haben und
von denen wir wissen,
dass wir sie nun vielleicht nie wiedersehen.

Allein im Bett liegen und statt dir
liegt das Handy neben mir
und sieht mich an.
Ich nehme es an meine Brust und stelle mir vor,
das wärst du.
Warm, weich, mit diesem besonderen Duft.
Doch... -
es ist kalt.

**Nach der Idee eines Gentlemans:
Alex (41) aus Hannover**

Da dieses Buch aber natürlich nicht traurig enden soll, hier noch ein – wie ich finde – sehr schönes Beispiel dafür, wie es sich anhören und - vor allem natürlich - anfühlen kann, wenn man diese Liebe gefunden hat:

Frühlingserwachen

Die Sonne scheint durch einen kleinen Spalt in der Gardine, direkt in mein Gesicht. Sie weckt mich mit ihren wärmenden Strahlen. Ich freue mich, denn es wird Frühling und die Wärme kommt zurück, die Tage werden länger und die Blumen sprießen.

Ich drehe mich um und da liegst du.

So friedlich, ruhig, schön.

Ich muss lächeln, denn obgleich du dich nicht bewegst, strahlst du eine Anmut und Eleganz aus, die ihresgleichen sucht. Ich lasse meinen Blick über dich wandern.

Sehe dein Haar, wie es dein hübsches Gesicht einrahmt. Dein helles, glänzendes Haar, welches so herrlich duftet und sich weich auf dem Kopfkissen ausbreitet.

Deine Augen, im Moment geschlossen und trotzdem wach. Sobald du sie öffnest, scheinen sie alles sehen zu wollen. Sie treffen direkt in meine Seele und vermitteln mir dieses Gefühl von Geborgenheit. Ich möchte in ihnen versinken.

Deine Lippen, die so sanft küssen und herrlich süß schmecken. Sie formen Worte, die wie Gedichte in meinen Ohren klingen. Sprechen Sätze, die wie Gebete in mein Herz eindringen. Gleichzeitig so zart gezeichnet, dass man nicht umhinkommt, sie auf den eigenen Lippen spüren zu wollen.

Deine Ohren, denen ich zu jeder Zeit sagen möchte, wie bezaubernd du bist. Dass du alles bist, was ich mir je gewünscht und erträumt habe. Die du verzierst mit Steckern oder Ringen, um dich noch mehr zu schmücken.

Du bist ein wunderschönes Beispiel, welche Schönheit die Natur erschaffen kann. Und ich bin dankbar, dass ich derjenige sein darf, der neben dir liegen, stehen und gehen darf. Deine Ausstrahlung, dein Wesen und dein Glanz schmücken mich mehr, als es Kleidung, Schmuck oder ein Auto jemals tun könnten.

Es ist so schön, dass es dich gibt.

**Nach der Idee eines Gentlemans:
Alex (41) aus Hannover**

Weitere erotische Literatur von K.D. Michaelis
erschienen als **eBook's** und **Bücher** bei
TWENTYSIX – Der Self-Publishing-Verlag bzw.
BoD – Books on Demand

12 erotische Kurzgeschichten einer befreundeten, 7-köpfigen Autoren-gruppe.
Alex, Chewu und Karina leben in **Hannover**, Alexandra bei **Neustadt am Rübenberge.** Sunshine kommt aus dem **Schaumburger Land.** Peter hat es in den Raum **Göttingen** verschlagen und Olga wohnt in der Gegend von **Kassel**. Da sie häufiger hier ist, haben wir sie kurzerhand eingemeindet ;-)

eBook
ISBN 978-3-740-73760-3   € 4,99
Buch (116 Seiten)
ISBN 978-3-740-73289-9   € 7,99

Die BEIDEN nachstehend genannten **Sammlungen erotischer Kurzge-schichten sind jetzt auch in EINEM** Buch mit allen 17 Erzählungen **erhältlich.**

Heiße skandinavische Nächte
inkl.
Feuchte Träume

Erschienen bei
BoD – Books on Demand

Buch (188 Seiten)
ISBN 978-3-744-87403-8   € 9,99

Weitere erotische Literatur von K.D. Michaelis
erschienen als **eBook's** im Club der Sinne®
- direkt beim Verlag auch als pdf erhältlich -

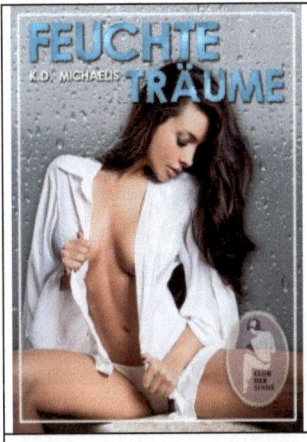

Im Fitnessstudio lernt Nova den attraktiven Ben kennen, mit dem sie die Leidenschaft für Sex-Rollenspiele und die Lust, immer neue Sex-Abenteuer zu erleben, teilt. Gemeinsam leben sie ihre BDSM- und Rollenspiel-Phantasien aus – was sie in 7 Kurzgeschichten quer durch das Stockholmer Nachtleben, diverse Betten und Nachtclubs und zu überaus geilen neuen Partnern führt.

eBook
ISBN 978-3-95527-691-1   € 3,49

Begleitet Nova durch 10 erotische Kurzgeschichten, die eine Menge an prickelnder Erotik in den verschiedensten Spielarten zu bieten haben und in denen unter anderem auch der leidenschaftliche und gutaussehende Jonas wieder eine tragende Rolle spielt. Denn je mehr sie über ihn nachdenkt, umso klarer wird ihr, dass sie seine durchaus härtere Gangart beim Sex unheimlich anmacht. Ein spannendes und aufregendes Spiel mit dem Feuer beginnt im ansonsten eher kühlen Norden Europas.

eBook
ISBN 978-3-95604-078-8   € 3,49

Ratgeber von K.D. Michaelis
Erschienen als Buch und eBook im
TWENTYSIX – Der Self-Publishing-Verlag

K.D. Michaelis
 	
Strapse oder Anglerhose?
 	
Mit Spaß durch den Dating-Portal-Sumpf
 	
Tipps und Tricks zu Dating-Portalen
	Dummdreiste Durchschnittstypen, Jammerlappen, Verbal-Erotiker, Libertiner und Nymphomaninnen - so erkennt man sie ganz leicht. Tipps und Tricks zu Dating-Portalen
	
	2. Auflage
	- Buch (164 Seiten)
	  ISBN 978-3-740-72987-5 € 9,99
	- eBook
	  ISBN 978-3-740-71857-2 € 6,99
	
	1. Auflage
	- Buch (140 Seiten)
	  ISBN 978-3-740-71253-2 € 9,99
	- eBook
	  ISBN 978-3-740-73650-7 € 6,99

Backbuch von K.D. Michaelis
Erschienen als Buch und eBook bei
BoD – Books on Demand

Backfee oder Zuckerbäcker – mit diesen leckeren und unkomplizierten Rezepten gelingt dies jedem auf Anhieb! Praktische Backtipps, Variationsmöglichkeiten, Angabe der nötigen Backutensilien und ein außergewöhnliches Herstellerverzeichnis für die verwendeten Zutaten sorgen für ein perfektes Ergebnis.

1. Auflage
- **Buch (104 Seiten)**
 ISBN 978-3-752-81594-8   € 18,99
- eBook
 ISBN 978-3-752-81756-0   € 7,99

Weitere hilfreiche Tipps zu sinnvollen Back-Utensilien sowie Links zu den entsprechenden Bestellmöglichkeiten:

https://www.kd-michaelis.com/backen/backzubehör-tipps/

Weitere leicht erotische Literatur von
Olga Drocjuk
erschienen bei BoD - Books on Demand

Sex "Ohne" oder
mit Dir habe ich den Himmel
immer voller Sterne

Eine „Liebesgeschichte", die
zu Herzen geht.

Buch (356 Seiten)
ISBN 978-3-7431-4050-9   € 14,99
eBook
ISBN 978-3-7431-8667-5   € 9,99